우리는 비슷한 얼굴을 하고서

우리는
비슷한 얼굴을 하고서

1판 1쇄 발행 2022년 4월 29일
1판 5쇄 발행 2024년 12월 9일

지은이 김달님

발행처 (주)수오서재
발행인 황은희 장건태
책임편집 마선영
편집 최민화 박세연
마케팅 황혜란 안혜인
디자인 권미리

제작 제이오
주소 경기도 파주시 돌곶이길 170-2 (10883)
등록 2018년 10월 4일 (제406-2018-000114호)
전화 031 955 9790
팩스 031 946 9796
전자우편 info@suobooks.com
홈페이지 www.suobooks.com
ISBN 979-11-90382-63-2 (03810)
책값은 뒤표지에 있습니다.

출처(37쪽)
요시모토 바나나 지음, 김난주 옮김, 『시모키타자와에 대하여』, 민음사, 2021, 156쪽,
Copyright ©2016 Banana Yoshimoto

우리는 비슷한 얼굴을 하고서

김달님 지음

수오서재

한 시절 곁에 있어준
나의 사람들에게

prologue

얼마 전 아는 사람의 초대로 연극을 보러 간 적이 있었습니다. 서둘러 움직였음에도 빠듯하게 극장에 도착한 일행과 저는 입구와 가까운 두 번째 줄 가장자리에 앉게 되었지요. 오십 석 규모의 소극장은 객석과 무대의 거리가 아주 가까워서 제가 앉은 자리에서도 배우의 얼굴 구석구석을 다 볼 수 있었습니다. 연극의 배경은 1980년대, 무대는 아버지와 어머니, 세 명의 딸이 살아가는 어느 집이었습니다. 아버지가 퇴근길에 사 온 작고 무른 귤을 같이 나눠 먹는 사이좋은 가족이지만, 고등학생인 막내딸 소희의 기성회비를 제때 내지 못하는 가난한 가정의 이야기였지요. 그날 연극에서 가장 기억에 남는 것은 주인공인 소희가 나이 들어가는 장면이었습니다. 영상이 아닌 무대에서는 시간이 흐르는 일을, 그리하여 세월이 가는 일을 어떻게 보여줄 수 있을까요.

제 자리 쪽에는 무대의 소품인 나무 한 그루가 있었습니다. 월급이 제대로 나오지 않아 속상한 아버지가 가족 몰래 담배를 피우기도 하고, 소희가 가난한 집을 지긋지긋해하며 혼자 씩씩대는 장소이기도 했지요. 연극 중반부에 이르러 소희가 어머니 아버지에게 평생 후회가 될 말을 하고서 집을 뛰쳐나온 날. 하루빨리 이 집을 벗어나고 싶은 소희가 속상한 마음을 투덜대며 그 나무 주위를 천천히 돌기 시작했습니다. 한 바퀴, 두 바퀴, 세 바퀴…. 그러는 동안 검은색 천으로 자신의 몸을 가린 한 배우가 작은 상자 위에 올라가더니, 나무를 도는 소희의 머리 위로 준비해둔 낙엽을 뿌리기 시작하더군요.

아마도 낙엽은 시간을 보여주는 듯했고, 그는 계속해서 낙엽을 뿌리며 관객들에게 소희가 어떻게 나이 들어가는

지 내레이션으로 알려주었습니다. 철부지였던 소희가 고3이 되고부터는 공부를 열심히 해 무사히 대학생이 되고, 좋아하는 남자와 연애를 하고, 원하던 곳에 취업하고, 사랑을 하고, 다시 사랑을 하고, 결혼을 하고, 아이를 낳고…. 그렇게 소희가 고등학생이던 때 엄마의 나이가 되었다고요.

나무를 돌면 돌수록, 소희의 모습도 미리 숨겨놓았을 소품을 이용해 조금씩 늙어갔습니다. 속절없이 흐르는 시간처럼 공중에서 뿌려진 낙엽들은 바닥에 서서히 쌓여가고, 어떤 것들은 소희의 몸에 묻어 떨어지지 않고, 어떤 것들은 흩날려 무대 곳곳으로 날아가기도 했습니다. 단지 눈앞에서 낙엽이 계속해서 흩뿌려질 뿐인데 이상하리만치 마음이 미어져 정말로 세월이 간다, 가고 있다는 게 느껴졌지요. 그 사이 소희의 가족들은 모두 세상을 떠나고 소희는 그들을 그리워하는 중년이 되어 무대 중앙으로 다시 나타났습니다. 살아 있다면 누구나, 무대에 혼자 남은 소희의 시간을 맞게 될 때가 오는 거겠지요.

그날 연극이 끝나고 앞 좌석에 걸쳐둔 외투를 입으려는데 소매에 붙어 있는 낙엽 하나를 보았습니다. 소희의 세월이 가는 동안 객석 쪽으로 날아온 낙엽이 붙은 듯했지요. 잠시였지만 물끄러미 그 낙엽을 바라보게 되었고, 조심스레 떼어내는 동안 그런 생각을 했던 거예요. 어쩌면 나는, 이런 이야기를 쓰고 있는 것이 아닐까. 내가 만나고 사랑한 사람들과 함께 나눠 가진 시간에 대해서. 그러니까, 어느샌가 자신의 자리인 듯 외투에 붙어 있던 하나의 낙엽처럼요.

언젠가 가까운 동료들과 이런 이야기를 한 적이 있습니

다. 시간이 흘러 사람들에게 어떤 사람으로 기억되고 싶으냐고요. 한 사람은 다정한 조연이라고 말했습니다. 어떤 사람의 인생에서 자신이 주연이 아닌 조연이라 하더라도, 누군가에게는 한 장면 정도만 등장하는 엑스트라일지라도 다정을 보여준 사람으로 기억되고 싶다고요. 옆에 있던 다른 이는 자신이 속해 있는 세계를 조금 더 나은 방향으로 만들려고 노력했던 사람이라고 말했지요. 그들은 이미 그런 사람이라는 걸 알고 있으려나요. 얼마 후 또 다른 이에게 같은 질문을 했더니 그는 이렇게 말했습니다. 언제든 의리를 지키려고 노력했던 사람으로 남고 싶다고요. 어차피 삶이라는 게 사람들과 살아가는 건데, 그 사람들과 의리를 지키는 게 잘 사는 인생 아니겠냐며. 그러고선 맞은편에 앉아 있던 저에게도 물었습니다. "너는 어떤 사람으로 기억되고 싶은데?"

이 질문에 대한 제 대답은 이것입니다.

"웃게 해준 사람."

살아가는 동안 슬프지 않을 수는 없을 테니 곁에 있는 사람들이 자주 웃기를 바랍니다. 제 글을 읽는 동안에는 독자도 제 곁에 머무는 것이겠지요. 이 책에 담긴 이야기들도 그런 마음으로 썼습니다.

—연극 〈다녀왔습니다〉 김민정 작, 김종원 연출, 극단 불씨촌 제작

차례

01

무 사 히
이 곳 으 로
건 너 왔 음 으 로

03

떠 오 르 는 얼 굴 들

무 사 히
이 곳 으 로
건 너 왔 음 으 로

01

"멀리 있어도 곁에 있을 수 있다."

봄에 하는 일

봄이 오면 하는 일이 있다. 할머니 할아버지와 함께 살던 경주 집 마당에는 오래된 목련 한 그루가 있는데, 꽃송이가 크고 희어서 밤이 되면 그 자리만 희미하게 불이 켜진 것처럼 보인다. 목련이 펴야 마당에 있는 진달래도, 윗집으로 가는 길에 있는 벚꽃도 차례차례 피어나기 때문에 목련은 우리 가족에게 봄의 시작과 같았다. 봄에 피는 꽃 중에서 목련을 가장 좋아한다는 사실은 집을 떠나 창밖 풍경이 달라지고 나서야 알게 되었다. 삼월에 접어들어 바람이 연해지면 꼭 거실 창문 너머로 보이던 목련이 궁금해졌기 때문이다. 기다리던 봄이 되면 집에서 십 분 거리에 있는 고택으로 걸어가 담장 위로 핀 밤의 목련을 구경한다. 그리고 그즈음에는 약속처럼 할아버지에게 전화를 걸어 같은 질문을 한다.

"할아버지. 마당에 목련 폈어요?"
"여기는 아직 안 폈다."

"할아버지. 목련은요?"
"인자 막 필락 말락 한다."

"할아버지. 오늘은 폈어요?"
"그래. 인자 여기도 환하게 폈다."

그러면 나는 조금 과장된 목소리로 준비된 대답을 한다. 정말이냐고. 여기는 벌써 다 져버리고 벚꽃이 피기 시작했다고. 몇 년째 똑같이 하는 말이지만 할아버지는 매번 처음 듣는 듯이 웃는다. '그놈 참…'이라는 말을 대신하는 웃음이다. 할아버지는 나이가 들어도 여전히 어리숙해 보이는 손녀에게 대답한다.

"그럼 당연하지. 네가 있는 곳이 더 남쪽인데 꽃도 일찍 져버리지."

여러 번 들어서 할아버지가 말하기 전에도 미리 그려볼 수 있는 목소리다. 이 대화를 나누고 전화를 끊으면 봄에 꼭 해야 할 일 중 하나를 했다는 기분이 든다. 그제야 내가 있는 곳에도 할아버지가 있는 곳에도 봄이 온 것이다. 그리고 생각한다. 내년에도 이 전화를 할 수 있을까. 언젠가는 밤에 핀 환한 목련을 보고서 쓸쓸해지는 날이 오겠지. 기억을 가지고 사는 한 어쩔 수 없는 일이다. 그럼에도 다행인 일은 한 해 한 해가 지날수록 이런 이야기를 나누었던 시간을 기억하는 일이 얼마나 소중한지를 알게 된 점이다. 그리움에는 빛이 있어 어느 날엔 불쑥 울게 되더라도 눈물을 닦고 다시 웃을 수 있는 힘을 함께 준다는 것도.

친구가 들려준 이야기 중에 좋아하는 이야기가 있다. 친구의 아버지는 등산을 좋아하셔서 매일 아침 일찍 뒷산에 오르시는데, 주말 아침이 되면 꼭 자는 친구를 깨워서 산에 같이 가자고 하신단다. 친구는 주말 아침에 기어코 자신을 깨우는 아버지에게 매번 짜증을 내곤 했는데, 그렇게 아버지가 혼자 집을 나서고 나면 뒤늦게 미안한 마음에 잠이 달아난다고 했다. 아버지의 유일한 취미가 산에 오르는 일이라는 걸 모르지 않아서였다. 그래서 어느 날은 마음을 먹고 토요일 아침 일찍 일어나 거실에서 텔레비전을 보는 아버지에게 산에 가자는 말을 꺼냈다. 네가 웬일이냐고 묻는 아버지의 무뚝뚝한 눈가가 슬며시 부드러워졌다. 그렇게 어느 겨울 아침, 서른다섯 살 아들과 예순여섯의 아버지가 동네 뒷산을 오르게 되었다. 완만한 경사임에도 산 중턱에 다다르자 힘이 들어 잠시 숨을 고르고 있는데, 멈춰 선 아버지가 외투 호주머니에 손을 넣어 부스럭거리는 소리와 함께 무언가를 꺼내 주었다. 집에서 챙겨온 요구르트였다.

요구르트를 받아 든 친구는 속으로는 '내가 애야?'라고 생각하면서도 그런 아버지가 귀엽게 느껴졌다. 말수 적고 표현도 잘 못 하는 아버지가 자신에게 요구르트를 건네줄 때 짓는 그 표정이, 웃는 것 같기도 아닌 것 같기도 한 아버지만의 어색한 표정이 친구를 웃게 했기 때문이다. 이후 친구는 종종 아버지를 따라 산을 올랐고, 어느 지점에 다다르면 아버지가 호주머니에 손을 넣어 부스럭거리는 소리와 함께 하루는 귤을 하루는 사탕을 꺼내주었다. 그때마다 친구는 꼭 웃게 되었고, 단것을 입에 넣으면 남은 길을 마저 오를 힘이 생겼다. 이 이야기를 들려주며 친구는 말했다.

"그런 거 있잖아. 말로 설명하긴 어려운데…, 그 사람이 눈앞에 있는데도 벌써 그리워진다고 해야 하나? 아버지가 준 사탕을 먹는데 그런 기분이 들더라."

언젠가 빈 호주머니에 손을 넣고 길을 걸어가는데 친구가 들려준 이야기가 떠올랐다. 시간이 지나 친구는 부스럭 소리가 나던 아버지의 호주머니를 그리워하는 사람이 될 것이다. 그리고 생각했다. 앞으로도 힘을 내서 살아가기 위해선, 혼자서도 남은 길을 마저 걸어가기 위해선 따뜻하고 단 기억들로 호주머니를 채워놓아야 한다고. 언제든 쓸쓸해지는 날에 손을 집어넣어 내게 남아 있는 것들을 만져보고 꺼내 볼 수 있도록. 그러면 어느 날에는 호주머니 속에서 들리는 부스럭 소리만으로도, 어떤 기억인지 떠올라 조용히 미소 짓는 날이 있지 않을까.

밤을 지켜주는 사람

친구와 친구의 일곱 살 아이를 집으로 초대해 크리스마스를 함께 보내기로 한 밤. 친구와 둘만 있다면 좋아하는 떡볶이를 시켜 먹고 말 텐데, 아이가 있으니 작은 이벤트가 필요했다. 급하게 케이크를 준비하고 꼬마전구를 사서 벽에다 하트 모양으로 붙였다. 조금 엉성해도 불을 끄고 보니 꽤 크리스마스 분위기가 났다. 작은 불빛을 보는 일은 어쩐지 사람을 뭉클하게 만드는 데가 있다. 어른 둘과 아이 하나가 테이블에 모여 앉으니 크지 않은 원룸이 가득 찼다. 무엇을 하면 좋을지 생각하다 초등학교 입학을 앞두고 설렘이 큰 아이와 새해 소원을 적어보기로 했다. 아이의 소원이 궁금해서 시작한 일인데 적다 보니 꽤 진지해져서 빈 종이에 열 개에 가까운 소원을 적게 됐다. 다음 책을 잘 쓸 수 있게 해주세요. 건강한 삶을 살게 해주세요. 하고 싶은 일에 집중할 수 있는 용기를 주세요…. 조각 케이크에 초 하나를 켠 다음 세 사람이 두 손을 모아 기도를 했다. 후, 하고 촛불을 끈 아이에게 소원을 말해줄 수 있는지 물었다. 아이는 쑥스러워하면서도 자신이 한 글자씩 또박또박 적은 소원을 읽었다. "나의 소원. 학교에서 좋은 친구들이 많아쓰면 좋켔다. 지금처럼 좋은 추억이 많이 왔쓰면 좋켔다." 아이의 목소리를 듣는 동안 작은 불빛을 지켜보는 일처럼 뭉클해졌다. 정말 멋지다고, 친구와 나는 박수를 쳤다. 소원은 저런 것이지. 내 의지만으로 이루어질 수 없는 것. 그렇기 때문에 짧은 사이 간절함을 모아 바랄 수밖에 없는 것. 친구와 아이가 집으로 돌아간 후, 나는 침대에 누워 새로운 소원을 떠올렸다. 그건 할머니 할아버지가 오늘 밤도 무사히 잠들기를 바라는 일이었다.

꼼짝없이 침대에 누워 지내야 하는 할머니의 치매 증상은 밤이 되면 더욱 나빠졌다. 며칠 동안 별일 없이 지나가는 밤도 있었지만 할머니의 상태가 좋아지는 징후는 아니었다. 할머니의 하루하루는 덜 나쁜 날과 더 나쁜 날들로 이어졌다. 요양보호사가 집에 머무는 평일의 오전과 낮, 나와 아버지가 집에 들르는 주말의 낮에 마주하는 할머니의 상태는 잠잠한 편이었다. 시간이 갈수록 가족의 얼굴을 몰라보는 일과 걱정이 될 정도로 잠이 늘었지만, 오래 못 잔 잠을 몰아 자는 사람처럼 입을 조금 벌린 채 잠든 얼굴을 보면 평온해 보이기도 했다. 하지만 다른 이들이 모두 떠나고 할아버지와 할머니만 남는 밤이 오면 할머니는 저 멀리 자꾸만 잠을 몰아냈다. 늦은 밤부터 새벽 두세 시까지 오 분마다 잠에서 깨 고함을 지르고, 누군가의 이름을 부르고, 할아버지가 옆에 있는지 존재를 확인해야 안심하는 모양이었다. 할아버지가 할 수 있는 일은 그런 할머니가 곤히 잠들 때까지 옆에 앉아 있는 것이라 했다. 그즈음 할아버지는 부쩍 지친 목소리로 말했다. 귀신도 어쩜 저런 귀신이 네 할머니한테 붙었는지 모르겠다고.

새해가 지나고 얼마 후 회사에 휴가를 내고 3일 동안 할아버지 집에 머물렀다. 휴가 첫날, 이른 저녁잠이 든 할머니를 따라 안방에서 까무룩 잠이 들었다가 누군가를 부르는 할머니 목소리에 잠에서 깼다. 휴대전화를 확인해보니 밤 열한 시가 조금 넘은 시간이었다. 불 꺼진 거실로 나가 보니 언제부터 그렇게 있었는지 할머니 침대 옆에 앉아 있는 할아버지의 뒷모습이 보였다. 어둠 속에서 음량을 줄인 텔레비전 불빛만이 할아버지의 윤곽을 드러내며 일렁이고 있었다. 기척을 느끼지 못하고 멍하니 화면을 바라보는 할아버지를 그 자리에 잠시 서서 바라보았다. 그동안 할아버지는 저렇게 할머니의 긴 밤을 지켜왔던 거겠지. "여보. 물 좀 줘요"라는 목소리에 할아버지가 느릿하게 움직여 물컵에 달린 빨대를 할머니 입에 넣어주었다. 화면의 빛에 따라 할아버지의 마르고 굽은 등이 보이다가 말다가 했다. 그리고 다시 의자에 앉아 할머니 말에 대꾸하는 할아버지를 보면서 문득 곁이라는 말이 떠올랐다. 옆이라는 말보다 더욱 파고드는 느낌의 곁. 앞으로 곁이라는 말은 지금 내가 보고 있는 장면으로 남게 될 것이란 생각이 들었다. 사랑이라는 말이 모두에게 같을 수 없듯 어떤 단어는 개인의 기억과 함께 고유한 의미로 남는 법이니까.

“오늘은 제가 있을게요.”

그날 밤은 할아버지와 교대를 했다. 보초를 서는 사람처럼 할머니 침대 옆을 지키고 있으니 얼마 안 가 할아버지의 코 고는 소리가 들렸다. 할머니는 천장을 보며 중얼거리다 잠시 잠이 드는 듯했고 다시 눈을 뜨면 할머니의 엄마, 아버지, 자식들의 이름을 차례차례 불렀다. 그러다 불현듯 나를 알아보곤 내가 왜 여기에 있는지 의아하다는 표정을 지었다. 그런 할머니를 보며 내가 할 수 있는 일은 할머니 가슴을 손으로 도닥이면서 “이젠 자야 해. 내가 여기 있으니까 안심하고 자면 돼”라는 말을 반복해서 들려주는 거였다. 그렇게 졸다 깨다를 몇 번이고 반복하고 나서야 둘 다 잠이 들 수 있었다.

그 밤이 지나고 오래지 않아 할머니는 병원에 입원하게 됐다. 낫고 있는 줄 알았던 욕창이 심해져 집중 치료를 받기 위해서였다. 병원에서는 완치가 되려면 몇 달이 걸릴지 알 수 없을 거라고 했다. 코로나로 면회도 할 수 없다는 사실이 할머니를 병원에 두고 온 마음을 막막하게 만들었다. 바쁘게 보내는 낮을 지나 혼자 누워 잠드는 밤이 되면 어김없이 할머니가 떠올랐다. 오늘 밤은 어떻게 지나갈까. 할머니가 누군가를 찾고 있진 않을까. 그럴 때면 새해 소원을 떠올렸다. 촛불 앞에서 두 손을 모은 사람처럼, 할머니가 오늘 밤도 무사히 잠들기를 바라게 됐다. 다행히 한 달에 두세 번, 담당 간호사는 전화로 할머니가 잘 지내고 있다는 말을 전해주었다. 걱정과 다르게 밤에는 잠도 잘 주무신다며. 그 말을 들려주던 간호사의 목소리를 떠올리면 견딜 수 있었다.

몇 달 후 할아버지 생신을 맞아 서울에 사는 고모들이 집으로 모였다. 할머니가 집을 비운 지 5개월째, 세 딸이 모두 모인 건 2년 만이었다. 할아버지는 할머니가 누워 있던 침대에 걸터앉아 오십에 접어든 딸들이 옛이야기로 소란을 떠는 모습을 지켜보며 조용히 웃었다. 할아버지가 그렇게 웃는 얼굴을 보는 건 오랜만이었다. 고모들은 여기에 없는 할머니를 걱정하는 대신 어릴 적 자신들이 기억하는 할머니에 관한 재밌는 이야기를 꺼냈다. 아무렇지 않은 듯 어떤 이야기를 하면서는 깔깔 소리 내서 웃기도 했지만,

무심코 침대 위에 놓여 있는 할머니의 베개를 발견할 때나 안방 행거에 걸린 할머니의 옷들을 마주할 때면 내가 그랬듯 저마다 숨죽여 할머니의 빈자리를 견디게 될 거란 걸 알았다. 그건 나와 고모들이 따로이면서 함께 할머니를 그리워하는 방법이었다. 늦은 밤까지 고모들과 이야기를 하는 동안 할머니의 웃는 얼굴이 자주 떠올랐다. 어떻게 웃을지 구체적으로 그려볼 수 있어서 어느 순간엔 꼭 할머니가 여기에 같이 있는 것만 같았다. 그리고 그럴 때면 할머니 옆에 앉아 밤을 지켜주던 할아버지를 보았던 날처럼 곁이라는 말이 가슴을 파고드는 기분을 느꼈다.

멀리 있어도 곁에 있을 수 있다. 요즘 나는 이 말을 믿으며 산다.

인생이 나에게 미소를 지어줄 때

한여름에 태어났다는 이야기를 하면 어른들은 종종 이렇게 말했다. 이 더위에 엄마가 고생이 참 많았겠다고. 그 말을 들으면 어쩔 수 없이 열여섯에 나를 낳은 어린 사람을 생각하게 됐다. 밤에도 후텁지근한 바람이 불던 칠월 말. 밤새 진통을 하다 서서히 날이 밝아질 무렵 어렵게 나를 낳았다는 엄마. 얼굴을 모르는 사람을 오래 생각하기는 어려워 대신 해마다 생일 즈음이 되면 엄마의 나이를 헤아려본다. 이 여름 나는 서른넷이 되었으니 당신은 이제 마흔아홉이 되었겠다. 당신도 여름이 되면 나를 낳았던 날을 떠올리게 될까?

생물학적 엄마를 그리워하는 마음 없이 자랐다. 당연했다. 기억에 없는 사람을 그리워할 수 없었기 때문이다. 엄마는 내가 태어난 지 한 달도 안 돼 나를 할머니 곁에 두고 떠났다. 아니. 나를 두고 떠났다고 말하는 건 나를 위해서도 엄마를 위해서도 좋은 말이 아닌 것 같다. 엄마는 그때 자신이 더 살아보고 싶은 삶을 선택했다. 한 달도 되지 않는 짧은 시간. 그만큼만 함께하는 게 우리의 정해진 운명이었다고 생각한다. 그렇게 하는 것이 나를 위한 일이라고 여겼는지 자라는 동안 가족들은 엄마에 대한 이야기를 조심했고, 사진 한 장도 따로 남겨두지 않았다. 그런데 단 한 장. 엄마의 한 부분이 남아 있는 사진이 있는데 1988년 거실에서 찍은 할머니의 사진이다. 사진 속 웃고 있는 할머니의 오른쪽 귀퉁이에 감색 바지를 입은 누군가의 다리가 보인다. 다리의 주인을 알게 된 건 중학생이 됐을 무렵이었다. 할머니는 우연히 그 사진을 보곤 '이런 게 남아 있네'라는 목소리로 말했다. 여기. 이 사람이 네 엄마라고.

궁금함이 생길 때는 종종 있었다. 아무렇지 않은 마음으로 살기에 세상엔 누군가의 엄마들이 너무나 많았다. 친구들에게도, 텔레비전 속에도. 그럴 땐 긴 시간에 걸쳐 할머니와 고모들이 무심코 들려준 말들을 잘 조합해 엄마라는 사람을 상상해보았다. 예를 들면 이런 말들. 네 엄마는 피부가 너보다 더 하얬어. 얼굴에 핏줄이 다 보일 정도였다니까? 조그만 게 착하고 잘 웃어서 네 할아버지가 딸처럼 좋아했잖아. 네 엄마가 너 임신했을 때 닭고기를 많이 먹어서 네 팔뚝 피부가 그렇게 오돌토돌한 거야. 아무에게도 말하지 않았지만 생김새만큼 궁금했던 것은 당신이 집을 떠나던 날 무엇을 타고 어디로 갔을까, 였다. 식구들이 잠든 사이 빠르게 뛰는 심장 소리를 숨기며 몰래 문을 열고 나가선 어디로 어떻게? 어릴 때는 막연하게 기차를 타고 서울로 갔을 거라고 믿었다. 공항이 없는 도시에선 기차가 제일 빠르니까. 그래야 빠르게 멀어질 수 있으니까. 그 시절의 나는 이런 게 왜 궁금했는지 모르겠다.

침묵을 지키던 아버지에게서 엄마 이야기를 처음 들은 건 웃기게도 수능 전날이었다. 늦은 저녁 기숙사에서 싱숭생숭한 마음으로 친구들과 이야기를 하고 있는데 다른 도시에 살던 아버지가 학교 앞으로 찾아왔다. 아버지와 둘이 보내는 시간은 모의고사 횟수보다 적었으므로 갑작스러운 방문에 마음이 더 싱숭생숭해졌지만, 기숙사에서 걸어 나가면서 내심 기분은 좋았던 것 같다. 교문 앞에 서 있던 가스 배달 트럭에 올라타자 아버지는 나를 만나러 온 용건을 간단히 말했다. "두꺼운 외투 있어?" 그즈음 아버지는 어디선가 수능 날엔 꼭 추워진다는 이야기를 듣곤 새 외투를 사주기 위해 찾아온 것이다. 수능을 하루 남겨두고 급하게 사 입는 외투라니.

백화점이 없는 경주에선 옷을 사려면 보세 옷가게 몇 군데가 모여 있는 시내로 가야 했다. 같이 걸으면 꼭 앞장서서 걷는 아버지의 뒤를 따라 걸으며 두세 군데를 돌아다니다 한 곳에서 무릎까지 오는 아이보리색 점퍼를 샀다. 7만 원이었던가. 8만 원이었던가. 내내 어색했지만 아버지의 뒤에서 만지작거렸던 외투의 촉감과 단추의 디자인까지 기억에 남는 걸 보면 특별한 이벤트였던 것은 분명하다. 속으로는 친구들에게 별일 아닌 척 자랑할 준비도 되어 있었다. 다시 아버지의 트럭을 타고 기숙사로 돌아가는 길. 학교 앞 4차선 도로에서 우회전 신호를 기다리며 서 있는데 불쑥 아버지의 목소리가 들렸다. 한밤의 외투 쇼핑보다 더 갑작스러운 고백이었다.

"네 엄마…, 착하고 좋은 사람이었어."

'응? 뭐라고…?' 내가 아버지의 말을 제대로 들은 게 맞는지, 지금 이 순간이 적절한 타이밍인지 헷갈려서 대답이 나오질 않았다. 차 안에 흐르는 정적 속에서 바라본 신호등 불빛만이 유난히 빨갛게 보였다.

"네 엄마는 너를 낳고 좋아했어. 너 때문이 아니라 내가 못나서 떠난 거야. 그러니까 너무 미워하지 마."

그때 내가 뭐라고 대답했었더라. 두근거리는 심장박동을 모른 척하며 알겠다고 하고 웃어버렸던 것 같다. 짐작일 뿐이지만 어쩌면 그때 아버지는 수능을 치고 나면 내가 어른이 된다고 생각했던 게 아닐까. 아니면 아주 중대한 일을 앞두고 있는 딸에게, 항상 마음의 짐으로 또는 빚으로 남아 있었을 나에게 어떤 용기를 주고 싶었던 걸까.

아버지의 의도가 어떻든 간에 엄마가 떠난 것이 나 때문이 아니라는 말은 생각보다 큰 위로가 되었다. 듣고 나서야 내게 필요했음을 깨닫게 되는 말들이 있다.

그 후 20대를 지나 30대 중반이 될 때까지 여러 번 '엄마를 찾아볼까?'라는 충동이 일 때가 있었다. 엄마를 기억하는 고모들을 꼬셔서 수소문해볼까. 흔치 않은 성을 가진 사람이니 이름을 단서로 SNS를 찾아볼까. 하지만 그러한 마음은 환절기마다 옷장 정리를 하면서 반복되는 마음과 비슷했다. 안 입을 줄 알면서도 혹시나 입고 싶어질 수도 있으니까 버리지 못하고 결국 옷장에 걸어두는 옷처럼. 엄마를 한 번쯤 보고 싶다는 생각은 불현듯 솟아났다가 오래지 않아 사그라들었다. 그러나 아주 사라지지는 않은 채로 있다가 또다시 나타나곤 했다.

그런 마음으로 어느 날엔 페이스북에 엄마의 이름을 검색해봤다. 문득 나와 어떤 부분이 닮았는지 궁금해졌기 때문이다. 흔한 이름은 아니라고 생각했는데 예상보다 많은 프로필 검색 결과가 떴다. 보험설계사인 사람. 두 아이와 남편과 함께 산 정상에서 사진을 찍은 사람. 속눈썹과 손톱이 화려한 사람. 프로필 사진이 없는 사람. 바닷가에서 또래 친구와 팔짱을 끼고 사진을 찍은 사람. 그러다 한 사람의 프로필 사진을 유심히 보게 되었다. 통통한 얼굴에 하얀 피부, 얇은 쌍꺼풀이 어쩐지 나와 닮아 보였다. 단순한 느낌이었을 뿐인데 맞을지도 모른다고 생각하니 그 사람의 얼굴을 계속 보게 됐다. 정말 이 사람일까? 곰곰이 생각하다 보니 나중엔 이 사람이 맞을 거란 확신마저 들었다. 그날 밤 그 사람의 사진을 캡처해 둘째 고모에게 카톡을 보냈다.

"고모. 혹시 이 사람 누군지 알아?"

몇십 분 후 답장이 왔다.

"누군데? 처음 보는데?"

실망하는 나에게 조금 놀랐다.

"아. ㅋㅋ 엄마 이름을 페이스북에 검색해봤는데 혹시 이 사람인가 해서."

이번엔 빠르게 답장이 왔다.

“야 너는 네 엄마를 너무 젊게 생각하는 거 아냐? 너랑 닮은 사람으로 더 찾아봐.”

고모의 답장에 웃음이 터졌다. 이토록 슬픔도 낭만도 없는 반응이라니. 그래. 나는 이런 사람들 속에서 명랑하게 자랐다. 그리고 언제나 그랬듯 엄마의 생각을 다시 나만 아는 옷장 속 잘 안 보이는 자리에 걸어두었다. 이런 일들이 지금의 나에겐 다행히 상처가 되지 않는다. 지금껏 살아온 삶에 불행한 일도 슬픈 일도 분명 있었지만 단지 엄마가 없었기 때문에 생겨난 일들이 아니다. 엄마와 함께 살았다면 좋았을지도 모를 일들은 어차피 내가 알 수 없는 인생이다. 그러니 아버지의 당부대로 엄마를 미워하지 않을 수 있다. 지금 내 나이의 절반의 나이에 나를 낳은 어린 여자. 열여섯의 엄마를 서른넷의 내가 이해하지 못하면 어쩌겠는가. 그러므로 모쪼록 잘 살아갔으면 좋겠다. 당신이 선택한 당신의 소중한 삶을.

얼마 전 요시모토 바나나 작가의《시모키타자와에 대하여》라는 책을 읽다가 엄마에게 전하고 싶은 구절을 읽었다. 끝이 뭉툭해진 연필로 힘주어 줄을 긋고 여러 번 소리 내 읽어보았다. 처음엔 당신에게 당부하고 싶은 말 같았고, 다음엔 나에게 들려주고 싶은 말, 세 번째엔 앞으로도 우리는 이렇게 살아가자는 다짐 같았다. 그 구절을 여기에 옮겨 적는다.

선택할 수 없었던 인생을 꿈꿀 수는 없다.
하지만 선택할 수 없었던 인생이 내게 미소를 지어 줄 때,
언제든 그 인생에 부끄럽지 않게 존재할 수는 있을 것이다.

내가 모르는 너의 인생

1988년의 어느 날. 할아버지는 어떻게 달님이란 이름을 손녀에게 지어줄 생각을 했을까. 다시 생각해도 그는 타고난 작명가임이 분명하다. 그가 지은 다른 자식들의 이름을 봐도 그렇다. 맏이인 큰고모의 이름은 송백. 일백 가지가 풍요로우라는 뜻으로 지었으나 동사무소 직원이 일백 백을 흰 백으로 잘못 써서 호적에 올렸다. 그 이야기를 하면서 할아버지는 이렇게 말했다. 일백 백이 아니라 흰 백을 쓰는 바람에…, 네 고모 인생이 사나워진 거라고. 이름이 인생에 미치는 영향이 얼마나 크겠냐마는, 편치 않았던 송백의 삶이 할아버지에겐 늘 가슴 저린 일이었던 것만은 알 것 같다. 둘째이자 내 아버지의 이름인 동춘은 동쪽에서 봄이 온다는 뜻으로 지었다. 오월에 태어날 아이를 기다리는 마음이 꼭 봄이 오는 것처럼 느껴져서였다. 아들을 더 낳을 거라는 기대와 다르게 태어난 두 딸의 이름은 차례로 은희와 선희로 지었다. 언젠가 송백, 동춘에 비해 고민을 덜 한 듯한 셋째, 넷째 고모의 이름을 생각하며 할아버지에게 서운한 마음이 들었던 적이 있다. 그만큼 은희와 선희를 좋아해서 그랬을 것이다.

선희의 이름이 사실은 대화라는 사실을 안 것은 중학교 때였다. 우연히 사진 앨범에 끼워진 졸업장을 보게 됐는데 받는 사람 이름에 김대화라고 적혀 있었다. 한자로 큰 대, 꽃 화. 그런데 대화가 누구지? 생각해보니 할머니가 가끔 선희를 대화라고 불렀던 기억이 났다. 선희와 대화. 그때는 선희에게 왜 대화가 아니고 선희인지 물어보지 않았다. 숨겨둔 비밀일 수도 있고, 어쩌면 개명을 했을 수도 있겠다 싶은 정도의 호기심이었다. 그런데 20년이 지난 지금에서야 진짜 이름이 궁금해진 것이다. 곧바로 고모에게 전화를 걸었다.

"고모 이름 말이야. 선희야? 대화야?"

갑작스러운 질문에도 당황하지 않고 선희는 특유의 콧소리 섞인 목소리로 말했다.

"나? 주민등록증 이름은 대화."
"그런데 왜 선희라고 불러?"
"그야 대화가 싫으니까. 어릴 때도 세숫대야라고 얼마나 많이 놀림당했는데."

알고 보니 막내 고모의 이름은 할아버지의 아버지가 지은 이름이라 했다. 넷째는 아들일 줄 알았는데 딸이 대이나버려서. 다음 자식은 꼭 아들을 낳으라는 의미로 남자 이름을 고모에게 주었다고. '대화가 남자 이름 같진 않은데?'라는 생각이 들었지만, 당사자는 그 이름이 어떻게 자신에게 왔는지 알고 있어선지 하나도 마음에 들지 않는다고 했다. 대신 막내 고모는 자신이 갖고 싶은 선희라는 이름을 스스로에게 주었다. 그 이야기를 들으면서 선희의 어린 시절 일화가 생각났다. 딱지치기를 잘해서 동네 남자애들을 다 이기고 다녔다는 선희. 그런 선희가 힘껏 내려친 딱지로 상대의 딱지를 뒤집을 때 느꼈을 쾌감. 어쩐지 그 쾌감의 순간이 떠올랐다.

선희는 어딜 보나 네 형제 중 막내 같았다. 높고 명랑한 목소리와 말투엔 애교가 따라붙었다. 할아버지를 아버지라 부르는 세 형제와 다르게 유일하게 아빠라고 부르는 자식이기도 했다. 똑 부러지는 은희에게 자주 잔소리를 듣지만 그만큼 은희가 주는 것을 잘 받았고, 타고난 천성으로 어떤 잔소리도 딱지 치듯 잘 웃어넘겼다. 그러면서도 아빠는 늘 큰언니만 좋아한다며 명절 다음 날 울면서 짐을 싸는 사람이기도 했다. 열 살쯤엔가. 선희는 내게 너는 어떤 고모가 제일 좋으냐고 물어본 적이 있다. 고모들을 좋아하는 이유가 조금씩 달랐지만, 순위를 물어보는 사람은 선희가 유일했기 때문에 막내 고모라고 대답했다. 선희는 그 이야기를 곧바로 다른 고모들에게 자랑했다. "달님이는 내가 제일 좋대." 그런 선희를 보며 생각했다. 참. 못 말리는 사람이라고.

얼마 전 고모들이 고향 집에 모인 날이 있었다. 오랜만에 모인 만큼 옛날이야기로 거실이 시끌벅적해졌다. 벽에 등을 기대고 말소리를 눈으로 좇던 나는 어릴 적 아버지 이야기에 귀가 쫑긋해졌지만, 제일 재미있는 캐릭터는 단연 선희였다. 예쁘고 똑똑한 송백, 친구들과 간첩을 잡으러 다니던 동춘, 몸이 약하고 자존심이 셌던 은희. 그리고 놀기 좋아하는 골목대장 선희. 선희는 학교 공부에 큰 관심이 없었지만 땅따먹기와 구슬치기를 잘했고, 남자애들과 주먹다짐을 하는 터프한 어린이였다. 학교를 마치면 숙제도 안 하고 친구들과 저녁까지 쏘다니는 바람에 할머니에게 매일 혼이 났지만, 다신 안 그러겠다고 울면서 빌곤 다음날도 늦게 들어오는 뻔뻔한 성격이었다. 열여덟부터 공장에서 일을 시작한 은희가 월급으로 기성회비를 챙겨주면 대책 없이 홀라당 써버리는 대범함을 자랑하기도 했다.

"그래도 선희가 우리 중엔 제일 하고 싶은 대로 살았지. 얘는 학교를 마치면 가방을 그대로 던지고 나가. 나는 몸이 아프니까 맨날 집에 있었잖아. 그럼 얘 가방 열어서 숙제도 대신해주고 준비물도 챙겨놔. 그럼 다음 날에 얘는 가방을 확인하지도 않고 그대로 들고 나가는 거야."

옛날이야기가 나오면 가장 서러워하는 건 은희였다. 공장에서 일하면서 처음 삼겹살을 먹어봤다는 은희는 어릴 적 가난을 떠올리면 지금도 치가 떨린다고 했다. 정말 어쩜 그렇게 돈이 없을 수 있었는지. 어쩜 그렇게 배가 자주 고팠는지. 그런데 은희야. 그냥 이 나이 되니까 사람 다 팔자대로 사는 것 같아. 마주 앉은 송백은 이제 다 지나간 일이라며 소주를 홀짝 마셨다. 송백의 사나운 인생을 아주 조금 아는 나는 그 말이 슬펐다. 사람 다 팔자대로 사는 것 같다고 말하는 사람은 그 팔자가 얼마나 무서운지 아는 사람 같아서였다. 그날 밤 송백과 은희 사이에서 철없는 막내로 굳혀지던 선희는 반격하듯 자신의 서러움을 토로했다. 그 반격에 내가 필요할 줄은 몰랐다.

"언니들은 모르잖아. 달님이 애 갓난아기 때 열나고 아프면 엄마가 맨날 나보고 학교 가지 말고 병원에 데리고 가라고 그랬어. 그런데 재가 좀 무거웠냐고. 포대기로 업고서 버스를 타면 사람들이 자꾸 나보고 애 엄마 여기 앉으래. 그게 얼마나 싫었다고. 그때 나는 열다섯밖에 안 됐는데."

민망하고 미안해진 나는 고모는 어차피 학교 가는 거 싫어하지 않았냐는 말로 어물쩍 넘어가 보려 했지만, 그 말에 선희는 기가 찬다는 듯 대답했다.

"야. 땡땡이치는 거랑 너 데리고 다니는 거랑 같냐. 내 학창 시절은 그때부터 내리막길이었어. 이것아. 넌 나한테 진짜 고마워해야 해!"

그 말에 송백도 은희도 나도 동시에 웃음이 터졌다. 나를 업을 수 없는 할머니 대신 선희가 나를 데리고 병원에 다녔다는 이야기는 여러 번 들은 적 있지만, 교복을 입은 선희의 몸이 얼마나 작았을지 등에 업힌 갓난아이가 얼마나 성가셨을지는 생각하지 못했다. 맥주를 마셔서 얼굴이 조금 빨개진 은희가 말했다.

"그렇네. 우리가 모르는 네 인생이 있었네."

그건 서로의 고생을 쓰다듬어주면서 동시에 가볍게 퉁치자는 말 같았다. 누구의 고생이 더 컸든, 모르는 곳에서 울었든, 다들 무사히 이곳으로 건너왔으므로. 선희는 새 맥주캔을 땄고, 금세 다른 이야기를 불러와 높은 목소리로 웃었다. 그런 선희를 보면서 어렴풋이 하나의 장면이 떠올랐다.

어릴 적 사진 중엔 태권도복을 입은 일곱 살의 내가 버스 안에서 월드콘을 얼굴에 다 묻히고 먹는 사진이 있다. 같은 날 찍힌 다른 사진들로 유추할 때 태권도장에서 간 소풍이었을 것이다. 그동안 청재킷을 입고 짧은 머리의 누군가가 나를 데리고 갔다는 기억만 희미하게 떠올랐는데, 나에게 월드콘을 사주고 사진을 찍어준 사람은 아마도 선희일 것이다. 이제는 그 사람의 얼굴을 조금 더 자세하게 그려볼 수 있다. 갓 스무 살을 넘겼을 선희. 조카가 기죽지 않게 세련된 옷을 입고 소풍에 같이 가준 선희. 나를 데리고 다니는 게 서러웠다지만 어쩐지 나에겐 좋은 기억만 남아 있는 선희. 그래서 더 미안하고 고마운 선희.

착할 선. 여자 희.

내가 모르는 선희의 인생이 아주 사납지만은 않기를.

내 인생에 선희가 있다는 게 새삼 좋아진다.

아유, 잘 긁네

시월의 첫 주 일요일. 그날은 8개월 만에 할머니를 면회하게 된 날이었다. 이른 아침부터 할머니 병원이 있는 경주로 갈 채비를 하는 중에도 8개월 만에 얼굴을 보는 일이 말도 안 되게 느껴졌다. 정말로 이런 일이 가능하다니. 코로나 유행 2년 차. 할머니의 욕창 치료를 위해 입원한 병원의 노인 병동은 비대면 면회를 포함한 모든 면회를 금지했다. 기한은 코로나 상황이 좋아질 때까지였으므로 확진자 수가 줄어드는 듯하다가도 또다시 발생하는 집단 감염 뉴스를 볼 때면 면회 날짜가 무기한으로 밀려나는 기분이 들었다. 두세 달이면 끝날 거라 기대했던 할머니의 치료가 반년이 넘어설 거라고는 가족 중 누구도 예상하지 못했다. 그럴수록 차차 나아지고 있다고, 할머니는 잘 지내고 있으니 너무 걱정하지 말라는 병원의 말을 믿을 수밖에 없었다. 병원으로 편지를 보내면 친절한 간호사 선생님이 내게 전화를 걸어 할머니를 바꿔주는 일도 종종 있었다. 처음엔 목소리를 못 알아보다가도, 나인 것을 알게 되면 언제 올 거냐고 묻는 할머니에게 내가 왜 가지 못하는지를 이해시킬 수 없어서 막막했다. 곧 보러 갈 거라는 말을 하고 전화를 끊고 나면 꼭 목이 메었다. 할머니는 이 시간을 어떻게 받아들이고 있을까. 언제부턴가 아무도 자신을 찾아오지 않는 날들에 대해서.

긴 치료 끝에 욕창 상처가 잘 아물어 구월 말, 울산에 있는 병원에서 경주에 있는 요양병원으로 할머니의 침대를 옮겼다. 할아버지는 할머니를 집으로 데려가고 싶어 했지만, 병원에서는 환자의 폐 기능이 많이 약해진 데다 스스로 음식물을 넘길 수 없어 코에 호스를 꽂은 할머니를 퇴원시키는 것은 불가능하다고 했다. 다른 병원으로 이동만 가능하다는 의사의 말에 따라 비대면 면회가 가능한 요양

병원으로 할머니가 있을 곳을 옮기기로 한 것이다. 그나마 위안이 되는 것은 할머니 할아버지가 살던 집과 병원의 물리적인 거리가 전보다 가까워진 점이었다. 할머니의 입원을 위해 요양병원을 찾았던 날. 병실은 출입할 수 없어 병원 바깥에서 보이는 곳들을 여기저기 둘러보았다. 외관은 조금 낡았으나 유리창이 크고 넓어 병실 안으로 해가 잘 든다는 것. 산으로 둘러싸여 있어 공기가 맑고, 옥상에 널어둔 빨래가 바람에 잘 마르고 있었던 것. 4인실이라 전보다 넉넉한 공간에서 지낼 수 있게 된 것. 담당 의사와 간호사의 친절함이 편안해 보였던 것. 그런 것들에 마음을 기댈 수 있었다.

면회가 있던 일요일의 늦은 오전. 할아버지와 아버지, 엄마, 나, 남동생이 병원으로 모였다. 삼십 분 정도 이르게 도착한 우리는 어딘가 한구석은 닮은 얼굴을 하고서 병원 근처 곳곳에 떨어져 앉아 시간이 지나가기를 기다렸다. 마치 한 사람에게서 조금씩 떼어놓은 사람들 같았다. 나는 병원 입구 오른쪽에 있는 벤치에 앉아 할머니의 병실이 있는 3층을 올려다보았다. 날이 맑아서 병실 안도 환해 보이는 것이 좋았다. 우리에게 허용된 면회 시간은 낮 열두 시부터 열두 시 십 분까지. 장소는 병실이 있는 건물의 1층 로비였다. 열두 시가 되자마자 자리에서 일어나 로비 근처를 서성이고 있는데, 얼마 지나지 않아 유리문 너머로 간호사 두 분이 할머니의 침대를 천천히 밀며 다가오는 모습이 보였다. 몇 걸음 떨어져 있던 아버지를 부르고 조수석에 앉아 있던 할아버지를 부축해 로비 앞에 마련된 의자에 앉혀 드렸다. 간호사 두 분과는 묵례로 인사를 나누고 할머니에게 인사하기 위해 눈을 마주쳤다. 한 걸음 정도의 거리를 두고 문 안에 있는 할머니는 옹기종기 모여 있는 우리를 보더니 낯선 사람을 보듯 한 사람 한 사람을 훑어보았다. 못 본 사이 머리가락이 많이 자라고 얼굴엔 살이 붙은 듯했다. 할머니, 할머니를 부르며 손을 흔들어도 가만히 쳐다보기만 하던 할머니는 가까이 서 있는 간호사 선생님에게 물었다.

"저 사람들은 왜 자꾸 나를 봐요?"

40대 중반으로 보이는, 미소가 넉넉한 간호사 선생님이 할머니의 가슴을 도닥이며 대답해주었다.

"그동안 할머니가 많이 보고 싶었나 봐요."

간이 책상에 놓인 인터폰을 누르고 말을 하면 할머니가 들을 수 있다고 해서 아버지가 먼저 말을 걸었다.

"엄마. 나야. 나 누군지 모르겠어?"

마스크를 쓴 얼굴이 낯선지 할머니는 아들의 목소리를 듣고도 한 번에 알아보지 못했다. 밖에선 마스크를 내려도 된다는 안내에 아버지가 맨 얼굴로 다시 엄마를 불러보았다. 엄마. 엄마. 나야 동춘이. 조금씩 알아보는 것 같은 할머니에게 간호사 선생님이 한 번 더 "할머니 아드님이래요"라고 부드럽게 말해주었다. 그제야 고개를 끄덕이며 얼굴이 풀어진 할머니가 말했다.

"네. 저기 우리 아들이에요."

아버지를 따라 나도 할아버지도 남동생도 마스크를 벗은 얼굴로 말을 걸었다. 할머니는 시간 차를 두고 차례차례 자신을 찾아온 얼굴들을 알아보았다. 손녀딸인 나와 몰라보게 키가 커버린 손자. 그리고 계속 보이지 않아 죽은 줄 알았다는 할아버지까지. 누군지 알아보느라 약속된 시간이 금세 흘러가 버리고, 얼마 남지 않은 시간 동안엔 언제나 하게 되는 비슷한 말만을 하게 되었다. 할머니. 잘 지내야 해. 밤엔 잘 자고. 다음 주말에 우리가 또 보러올 거야. 그 말에 할머니가 정말 알겠다는 듯 안심시켜주는 목소리로 말했다.

"응. 잘 있을게. 걱정 미."

할머니 손이라도 잡아보면 좋았을 텐데 보는 것만으로는 본 것 같지가 않았다. 이제 간다고 손을 흔드는 우리에게 할머니도 링거 바늘을 꽂은 손을 들어 흔들었다. 할머니의 침대가 점점 멀어져 복도의 안 보이는 쪽으로 사라질 때까지 바라보았다. 좀처럼 발걸음이 떨어지지 않아서였다. 먼저 자리를 뜬 아버지가 한적한 곳으로 걸어가 몰래 눈물을 닦는 모습을 보았다. 조금만 기다리면 울지 않았다는 듯 헛기침을 하며 돌아올 사람을 위해 남은 사람들이 할 일은 잠시 딴청을 피우는 것이었다. 다음 주에 또 보자는 이야기를 나누고 가족들과 헤어져 창원으로 돌아가는 길. 차 안에서 창밖으로 멀어지는 풍경을 바라보는 동안 조금 전까지 있었던 일들이 하나둘 떠올랐다. 어떤 것은 잊은 줄도 모르게 사라지고, 어떤 것은 오래된 사진처럼 남게 될 기억들이 머릿속을 지나가게 두었다. 그러다 문득 간호사 한 분이 할머니의 등을 여러 번 긁어주던 모습에서 생각이 멈췄다. 엄마가 몸이 계속 가렵나 보네,라고 말하던 아버지의 작은 목소리도.

의사의 말에 따르면 신장이 안 좋아서 몸이 가려울 수 있다는 할머니는 집에서 지내던 때도 자주 몸 이곳저곳을 긁어줘야 했다. 먹는 약과 바르는 약도 효과가 잘 들지 않는 밤에는 할아버지가 졸린 눈으로 할머니가 잠들 때까지 긁어주었다. 로션과 연고를 듬뿍 발라주고 가려운 곳 구석구석을 긁어주는 일은 나도 아버지도 엄마도 한 번씩은 해본 일이었다. 그리고 지난겨울, 이런 일기를 남겨두기도 했다.

2020년 12월 6일 일요일

오늘은 오랜만에 할머니의 정신이 또렷하게 느껴졌다. 최근엔 약 기운 때문인지 낮에도 옅은 잠에 빠져 있는 시간이 길었는데, 아까는 맑아진 눈빛으로 내게 휠체어를 타고 싶다고 했다. 예전엔 아버지 혼자서 누워 있는 할머니를 안을 수 있었는데, 이제는 할머니가 아버지의 목을 안을 힘도 없어서 아버지와 내가 할머니의 상체와 하체를 나눠 들어 휠체어에 앉혔다. 바람이 차가워 밖으로 나가진 못하고 할머니를 휠체어에 태워 주방으로 갔다. 할머니에겐 주방도 오랜만에 보는 풍경이었을 것이다. 할머니 뒤에 서서 바퀴를 굴리는 기분이 오랜만이라 나도 조금 신이 났다. 주방에서 엄마와 아버지, 할아버지가 같이 점심을 준비하는 모습을 구경하던 할머니가 나를 부르더니 다리를 긁어달라고 했다. 세게 긁으면 흉터가 생길까 봐 조심스레 긁었더니 할머니는 마음에 차지 않았던지 아버지를 불렀다. 아범아. 네가 긁어봐라. 게장을 그릇에 담던 아버지가 가까이 다가와 어디? 여기? 하고 묻더니 할머니의 다리를 시원하게 긁었다. 그다음엔 팔뚝. 그다음엔 등 구석구석. 아버지가 긁어주는 게 마음에 들었는지 아버지 얼굴을 한번 쳐다본 할머니가 기분 좋은 목소리로 말했다. "아유, 잘 긁네에!" 그 목소리가 어찌나 크고 개운한지 주방에 있던 식구들이 모두 같은 순간에 웃음이 터졌다. 오십의 나이에 잘 긁는 일로 칭찬을 들은 아버지도 반 박자 늦게 따라 웃었다.

"아유, 잘 긁네에!"

개운하고 기분 좋은 할머니의 목소리가 떠올라 나도 모르게 웃음이 났다. 그 목소리가 반가워 그렇게 시원했느냐고 묻고 싶기도 했다. 멀지 않아 대면 면회가 허용되는 날이 오면 가장 먼저 할머니의 손을 잡아보고 그다음은 가려운 곳을 시원하게 긁어주고 싶다. 그때에도 내가 긁는 게 영 마음에 안 든다면 아버지가 대신 긁어주어도 좋을 일이다. 그렇게 다시 한번 소리 내서 웃게 된다면, 눈앞에 있는 사람들의 얼굴을 더 자세히 봐둘 것이다. 나중에는 슬퍼질 좋은 순간이 우리에게 또 한 번 다녀가는 일을 다행이라고 여기면서.

보리차가 빨리 식는 계절

야근하고 집으로 돌아가는 길에 동네 마트에 들렀다. 날씨가 추워지면서 부쩍 따뜻한 보리차 생각이 많이 났기 때문이다. 컵에 티백을 넣어 간편하게 우려 마실 수도 있겠지만 어쩐지 이번에는 큰 주전자를 사서 넉넉히 끓여 먹고 싶은 마음이 들었다. 밤에는 뜨겁게 후후 불며 마시고 아침에는 한 컵 가득 따라 시원하게 마실 수 있도록. 익숙한 식품코너를 지나 주방용품과 가전제품이 모인 잡화 코너로 걸어갔다. 그동안 전기 포트만 사봤지 주전자를 사는 일은 처음이었다. 찾는 사람들이 많이 없는지 주전자는 선반의 가장 높은 곳에 있었다. 고개를 들어 박스에 그려진 그림들을 눈으로 훑으며 마음에 드는 것으로 골랐다. 손잡이와 뚜껑 색깔이 나무색으로 된 2리터 스테인리스 주전자. 부피에 비해 가벼운 박스를 품에 안고 집으로 걸어가는 길에 문을 열면 보리차 냄새가 반기는 집을 상상했다.

보리차를 끓여보겠다고 마음먹은 데는 몇 가지 이유가 있었다. 하나는 단순하게 보리차의 맛이 그리워졌기 때문이고, 또 하나는 최근 몇 달 동안 제목이 〈보리차〉인 노래에 빠져 있는 덕분이기도 했다. '보리차가 빨리 식는 계절'이라는 가사로 시작되는 노래를 듣고 있으면 따뜻한 김이 오르는 잔을 감싸 쥔 손의 촉감이 떠올랐다. 그러고 있지 않으면 금세 미지근해져 버릴 쌀쌀한 어느 계절의 날씨도. 보드라운 폴라티를 챙겨 입기 시작한 십일월 중순. 노래처럼 지금은 보리차가 빨리 식는 계절이지만, 그만큼 두 손이 따뜻해지는 보리차 한 잔을 마시기 좋은 계절이기도 했다.

무엇보다 가스레인지 불에 끓는 커다란 스테인리스 주전자를 다시 보고 싶은 마음이 있었다. 고등학생이 되기 전까지 집에서는 언제나 할머니가 끓여준 보리차를 마셨다. 학교를 마치고 집으로 돌아온 오후. 거실에서 할머니와 텔레비전을 보거나 살풋이 잠이 들었다가도 주전자 뚜껑이 달그락거리는 소리가 들리면 부엌으로 뛰어가서 가스레인지 불을 꺼야 했다. 조금만 늦어도 물이 넘쳐버렸기 때문이다. 행주를 쥔 손으로 뚜껑을 열면 금방이라도 데일 것 같은 뜨거운 김이 올랐다. 그렇게 끓인 물은 천천히 한 김 식힌 후에 여름에는 델몬트 유리병과 같은 튼튼한 병에 담아 냉장고에 넣어두고 겨울에는 찬 바람이 드는 바닥에 두고 며칠 동안 마셨다. 그 시절의 나는 할머니와 둘이서 미지근한 보리차에 밥을 말아 먹는 것도 좋아했지만, 가장 좋아하는 것은 보리차가 끓는 동안 부엌과 거실로 퍼지는 고소한 냄새였다. 그 냄새만 있으면 언제라도 집으로 돌아왔다는 기분이 들 것 같았다.

이제는 혼자 사는 게 익숙해진 집에 도착해 겉옷만 벗어두고 깨끗하게 씻은 주전자를 가스레인지에 올렸다. 언젠가 늦은 오후에 할머니가 주방 의자에 앉아 물이 끓는 주전자를 가만히 바라보던 뒷모습을 보았던 적이 있다. 왜 그 모습이 오랫동안 남아 있는지는 알 수 없지만, 그 모습처럼 말없이 가스레인지 불을 지켜보며 서 있다가 서서히 물이 끓어오를 때 미리 사둔 볶은 보리 한 줌을 넣었다. '앞으로 십오 분 정도만 더 끓이면 되겠지?' 옷을 갈아입고 씻고 나온 사이 주방과 분리되지 않은 원룸에 고소한 냄새가 퍼져 있었다. 냄새가 색깔로 보인다면 아마도 내 방은 명도가 높은 노란색으로 가득 차 있지 않을까.

보리차를 따르기 전 좋아하는 머그잔을 꺼내 뜨거운 물을 부어 컵을 데웠다. "이렇게 하면 따뜻함이 오래가거든." 몇 년 전 자주 얼굴을 보던 사람이 아끼던 차를 따라주면서 알려준 방법이었다. 그 후로 잘 보이고 싶은 사람에게 차를 따라줄 일이 생기면 컵부터 먼저 데우는 시간을 가졌다. 아마도 이 온기는 어디서부터 시작됐는지 모르는 오래된 이야기처럼 누군가의 누군가에게로 전해질 것이다. 따끈해진 손잡이를 잡고 보리차를 한 컵 가득 부었다. 아무리 보리차가 빨리 식는 계절이라도 손으로 쥐고 있는 동안엔 따뜻함이 달아나기 어려웠다.

스탠드 불빛만 켜둔 어둑한 방. 멍하니 소파에 기대고 앉아 오늘은 무슨 일들이 내게 있었는지 떠올려봤다. 자랑할 만큼 기쁜 일도 엎드려 울 만큼 슬픈 일도 없는 하루. 다만 마음에 드는 주전자를 사서 늦은 밤에 보리차를 끓인 하루. 조명이 닿지 않는 무대 가장자리처럼 희미한 스탠드 불빛 속 가스레인지 위에 놓인 은색 주전자를 바라보았다. 넉넉히 끓여두었으니 내일 아침에도 저녁에도 마실 수 있겠지. 차분해진 마음으로 남은 보리차를 후후 불며 마셨다. 그리운 것들을 떠올리는 밤일수록 나는 나에게 다정한 사람이 될 수 있었다.

엄마를 엄마라고 부르는 마음

아버지와 함께 집으로 들어서는 서영을 처음 보았던 날. 열두 살의 나는 도시 여자라는 말을 떠올렸다. 키가 크고 팔다리가 늘씬한 사람. 찰랑이는 긴 머리에 하얀 피부를 가진 사람. 한눈에 봐도 다른 집 식구 같던 서영은 곧 아버지와 결혼을 하게 될 사람이었다. 두 사람이 집으로 인사를 오기 전, 말로만 듣던 서영과 처음으로 통화를 한 적이 있었다. 학교를 마치고 집으로 돌아온 늦은 오후에도 쨍하게 밝은 날이었다. 할머니가 건네주는 수화기를 손에 쥐며 심장이 빠르게 뛰었다. 그럼에도 왜인지 긴장된 목소리를 들키고 싶지 않아서 네가 달님이냐고 묻는 목소리에 괜한

너스레를 떨었다. "우리 아빠 어디가 좋아요? 우리 아빠랑 정말 결혼할 거예요?" 당황스러웠을 텐데 수화기 너머 서영은 무안하지 않게 웃으면서 장난을 받아주었다. 서영의 웃는 목소리가 며칠 동안 마음에 남았던 걸 보면 그때부터 이미 서영을 좋아하게 됐는지도 모르겠다. 그런데 두 사람이 할머니 할아버지 앞에서 무릎을 꿇고 정식으로 함께 살겠다고 했을 땐 초조한 마음이 앞섰다. 이제부터 서영을 무엇으로라도 불러야 했기 때문이다. 아버지와 결혼을 한다는 이유로 열두 살 아이의 엄마가 되기에 서영은 너무 젊었다. 저 사람은 나에게 무엇이 되고 싶을까. 눈이 마주치지 않게 몰래 서영의 얼굴을 살펴보면서 마음이 복잡해졌다.

다행히 아버지와 나는 따로 살았기 때문에 고민을 적게 할 수 있었다. 주말이나 명절에 서영을 볼 때면 호칭을 생략하고 "밥 먹었어?", "뭐 도와줄까?"라고 묻거나 가까이 다가가 "있잖아"라는 말로 서영을 부르곤 했다. 할머니는 자꾸만 엄마, 엄마 불러 버릇해야 정이 붙는다고 했지만 그럴수록 더 입이 떨어지지 않았다. 서영이 싫어서가 아니었다. 다만 나에게 서영이 꼭 엄마여야만 할까? 생각 때문이었다. 차라리 이모나 언니였다면 부르기 편했을 텐데. 엄마라는 호칭은 부르는 사람만큼 불리는 사람의 마음도 신경 써야 했다.

열두 살의 어느 날에 서영이 하교 시간에 맞춰 학교로 데리러 온 적이 있었다. 전교생이 백 명도 안 되는 작은 학교에서 모델처럼 키가 큰 서영은 단연 눈에 띄었다. 집안 사정을 모르는 친구들에게 누구라고 설명해야 하는지 선뜻 떠오르지 않아 서둘러 서영과 함께 학교를 벗어났다. 그날은 서영과 아버지가 사는 도시로 놀러 가 주말을 보내고 오기로 한 날이었다. 시외버스 안에서 조금 기가 죽은 채로 앉아 있는 나에게 서영은 다독이는 목소리로 말했다.

"지금 바로 엄마라고 부르지 않아도 돼. 네가 부르고 싶어지면 그때 가서 부르면 돼."

서영의 말에 대답 대신 고개만 끄덕이고 말았지만 사실은 꼭 하고 싶은 이야기가 있었다. 있잖아. 나는 내가 엄마라고 부르는 걸 엄마가 원하지 않을까 봐 망설여진다고.

사람들이 우리를 이상하게 생각할 텐데 엄마는 정말 괜찮은 건지 궁금하다고. 하지만 옆자리에 앉아 내 눈치를 보는 20대의 서영에게 차마 물어볼 수가 없었다.

그즈음 서영과 보낸 몇 번의 주말을 생각하면 제일 먼저 떠오르는 기억이 있다. 하루는 서영이 자신이 자주 가는 미용실에 나를 데리고 간 적이 있었다. 한동네에 사는 사람에게 나를 보여준다는 게 어떤 의미인지 긴장되면서도 설렜다. 나를 보며 조심스레 누구냐고 묻는 미용사에게 서영은 잠시 나를 보더니 딸이라고 말했다. 짧은 시간이었지만 그 순간을 견디며 바라보았던 미용실 의자가 지금도 선명하게 생각이 난다. 그날 서영의 권유로 난생처음 스트레이트파마를 하고 앞머리를 일자로 잘랐다. 길고 쭉 뻗은 서영의 머리처럼 어깨까지 오는 머리가 찰랑대고 눈썹 위로 일자 앞머리가 생겼다. 거울에 보이는 내가 전보다 귀여워진 것 같아 한눈에 마음에 들었다. 그건 할머니가 알려줄 수 없는 종류의 세련이었다. 덕분에 한동안 남자애들을 보는 눈빛이 조금 당당해졌다. 그리고 지금까지 한 번도 앞머리를 없애본 적이 없다. 누군가 내게 서영이 어떤 사람이냐고 물으면, 나에게 잘 어울릴 거라며 앞머리를 내준 사람이라고 말하는 상상을 한다.

서영과 가족이 된 지 20년이 넘었다. 그 사이 열세 살, 열여덟 살 터울로 두 동생이 태어났고 서영과 나는 마흔 중반과 서른 중반이 되었다. 동생들은 엄마를 닮아 키가 크고 팔다리가 길어서 우리 가족 중 최장신이 되었다. 그래도 참 웃기지. 이미 오래전 내 키를 넘어선 아이들의 쌍꺼풀 모양과 낮은 코는 아버지를 닮은 나와 닮았다. 한번은 서영과 아버지, 동생들과 함께 있는 모습을 본 친구가 말했다. 야. 너희 가족 진짜 닮은 거 알지? 누가 봐도 한눈에 알아보겠더라. 그 말에 정말 그랬냐고, 'ㅋ'가 가득한 답장을 보내며 복잡한 기쁨을 느꼈다.

하지만 시간이 지나도 서영을 엄마라고 부르는 일은 여전히 어려운 일이었다. 나이가 들수록 우리의 나이 차이가 더 적게 느껴졌기 때문이다. 그런 서영을 대하는 마음이 조금 편해진 건 최근 몇 년 사이 더 이상 서영을 보지 못하고 살 수도 있겠다고 생각을 하고 나서였다. 어떠한 이유로 아버지와 서영이 회복할 수 없는 관계가 되어 헤어지게 된다고 해도 서영을 탓할 수 없을 거라고. 새로운 삶을 살고 싶어 나와 연락을 끊어버린대도 행복만 빌어주고 찾지는 않겠다고 마음먹었다. 그건 서영이 누군가의 그 무엇도 아닌 나와 같은 시대를 살아가고 있는 한 명의 여성, 서영으로 느껴지고 나서였다. 그렇게 생각하고 나니 오랫동안 붙잡혀 있던 무엇에서 풀려나는 기분이었다.

한 달에 한두 번, 주말에 할아버지 집으로 갈 때면 아버지가 가스통을 실은 배달 트럭을 타고 경주 터미널로 데리러 온다. 세 사람이 나란히 타고 가려면 서영과 내가 어쩔 수 없이 몸을 꼭 붙이고 가야 한다. 집으로 가는 데 걸리는 시간은 사십 분. 두 사람은 주로 단 커피를, 나는 쓴 커피를 쪼옥 빨아 마시면서 조용히 가지만, 세 사람이 다 아는 1990년대 노래를 듣거나 무릎을 치며 웃는 일도 종종 생긴다. 아버지가 차를 세워두고 음식을 포장하러 갈 때는 서영과 둘이 남아 이야기를 하는 날도 있다. 고모들의 근황이나 중학교 2학년인 남동생의 진로를 고민하기도 하고, 아버지는 모르는 여동생의 남자친구 이야기를 할 때는 목소리를 낮춰 속닥거린다. 그렇게 비밀이 생긴 사이는 몰래 눈을 마주치고 웃는 일도 늘어난다.

서영은 종종 스스로 엄마라고 부른다. '엄마가 생일 축하해'라든지, '엄마가 생각해봤는데…'와 같은 말. 요즘엔 나도 서영을 엄마라고 부를 때가 있다. 부르고 나서도 스스로 놀라지만, 가끔은 아무렇지 않게 불러보고 싶다. 이름 대신 익숙한 애칭으로 좋아하는 사람을 부르는 것처럼. 그 호칭이 우리 사이의 친밀함을 내포하는 것처럼. 엄마는 서영을 부르는 나의 애칭이라고, 그렇게 여기면서 살아가고 싶다.

나의 막내에게

아마 너는 기억하지 못할 거야.
네가 일곱 살 때 나에게 어떤 것을 알려줬는지.

너를 처음 본 건 네가 태어난 지 한 달 정도 지났을 때야. 할머니 집이랑 학교가 멀어서 나는 고등학교 내내 기숙사 생활을 했는데, 어느 밤에 아버지가 너를 보여주려고 학교 앞에 찾아왔었어. 너도 알다시피 너는 아버지랑 울산에 살고 나는 할머니랑 경주에 살면서 기숙사에 있었으니까 너를 볼 기회가 없었거든. 그때가 수능이 얼마 남지 않은 십일월이었는데, 야자 시간에 외출증을 끊고 학교를 걸어 나갔던 기억이 나. 그날 너를 보러 가는 길에 내가 어떤 기분이었더라. 아버지의 재혼을 아는 친구들에게만 말할 수 있는 비밀이 하나 더 생긴 기분이었을까. 학교 앞 육교 건너편에 있던 맥도날드에서 엄마 품에 안겨 있는 너를 처음 봤어. 신기할 정도로 긴 속눈썹에 눈동자가 새카맣고 콧구멍이 작은 아기. 얼떨떨한 기분으로 네 얼굴을 들여다보는데 아버지가 너를 한번 안아보라고 하더라. 그런데 무서워서 못 안았어. 네가 너무너무 작아서 안을 자신이 없었거든. 그날 너도 나를 처음 봤을 텐데, 네가 처음 본 열아홉 살의 나는 어땠을까. 아버지가 너에게 나를 가리키면서 "네 누나야. 인사해"라고 말해주었는데 그때야 조금 실감이 나더라. 나에게 동생이 하나 더 생겼구나. 열여덟 살 어린, 나의 막내.

막내야. 나는 네가 우리 집에 가져다준 빛을 기억해. 네가 태어나기 전 우리 가족은 함께 있을 때면 서로를 견디고 있다는 생각을 할 때가 많았어. 서로 뭘 어떻게 해야 할지 몰라서 차라리 입을 다문 사람들 같았지. 그래서 새 가족이 된 엄마도 우리 가족에 적응하느라 마음 쓰는 일이 많았을 거야. 그런데 너는 신기하지. 그저 울면서 똥을 누면서 밥을 먹으면서 몸을 뒤집고 걷고 뛰면서 집 안의 무거운 공기를 부드럽게 부서트렸어. 한 달에 한두 번씩 집으로 찾아오는 네가 잘 먹고 잘 자란다는 이유만으로 같이 웃을 일들이 생겨난 거야. 너는 가끔 보는 할머니 할아버지와 나를 어색해하지 않고 집안 곳곳을 신나게 돌아다녔어. 밭에서 고추를 따는 할아버지 옆에 쪼그려 앉아 벌레를 잡고, 할머니를 따라다니면서 이건 뭐예요, 저건 뭐예요 부지런히 묻고 다니고. 그런 네가 있어서 할머니 할아버지가 얼마나 많이 웃었는지 몰라. 그래서 나는 생각했어. 너는 빛을 안고 태어난 아이구나. 할머니 할아버지 집 안방에 네 유치원 졸업 사진이 유리 액자에 담겨 걸려 있는 거 알지? 그 사진은 언제 봐도 좀 웃겨. 일곱 살의 네가 누가 봐도 낯을 가리는 표정으로 느끼하게 웃고 있잖아.

너는 말을 트고 나서 누나를 자주 불렀어. 화장실에 갈 때도 누나 누나를 부르면서 따라오고, 밖에 나가고 싶을 때나 배가 고플 때도 누나 누나를 불러서 할머니가 너는 왜 그렇게 누나를 찾느냐고 그랬지. 사실 나는 그런 생각을 자주 했었다. 할머니 할아버지와 엄마 아버지 그리고 여동생과 네가 거실에 모여 앉아 있는 모습을 볼 때 여기서 나만 빠지면 누가 봐도 평범한 가족이겠구나 하는 생각을. 네가 점점 자라서 너보다 열여덟 살이 많은 나를, 너와 엄마가 다른 내 존재를 어떻게 받아들일까 생각에 빠져 있을 때도 너는 "누나!" 하고 나를 불렀어. 마치 숨바꼭질을 하는 아이처럼, 머리카락이 보인다고 외치는 술래처럼. 그럼 깜짝 놀라 나를 부르는 너를 보지. 그 순간엔 네 목소리가 꼭 어디 가지 말고 여기에 같이 있자고 말하는 것 같았어.

한번은 그런 일도 있었다. 가족들이 모여서 밥을 먹는데 마주 앉은 네가 내 다리를 발로 툭툭 치는 거야. 그래서 왜? 하고 물었더니 네가 빙그레 웃으면서 그랬어. "누나가 좋아서." 넌 아마 이것도 기억 못 하겠지?

네가 일곱 살 때 이야기를 해볼까. 너는 밖에선 낯을 많이 가리면서 사실은 되게 개구쟁이여서 집에 오면 가만히 있질 못하고 꼭 마당에 나가서 같이 놀자고 그랬어. 직장 생활을 시작한 지 얼마 안 됐을 때라 귀찮아서 누워만 있고 싶은데 너는 숨바꼭질을 하자, 술래잡기를 하자, 밤을 주우러 가자, 장수풍뎅이를 잡으러 가자고 조르는 게 특기였지. 그런 네가 좀 귀엽고 장난을 치고 싶어서 자는 척을 하면 너는 한숨을 쉬면서 마지막 남은 카드를 내밀었어. "누나 그럼 내가 노는 걸 십 분만 지켜봐 줘." 그럼 그 말에 꼼짝없이 웃게 되는 거야. 같이 놀아달라도 아니고 지켜만 봐달라니 그것까지 안 해줄 순 없잖아. 하는 수 없이 못 이기는 척 너를 따라 나갔지. 햇살은 깨끗하고 바람은 찬 이월 말이었는데, 네가 밭에 가서 장수풍뎅이를 찾아올 테니 잠깐만 마당에서 기다리라는 거야. 내가 곧 갈 것 같았는지 100까지 세고 있으라는 말과 함께. 일곱 살의 너에게 100은 엄청나게 큰 숫자였으니까. 그런데 얼마 안 가 네가 누나, 누나 하고 막 뛰어오는 거야. 무슨 큰일이라도 일어난 것처럼. 눈을 동그랗게 뜨고 뛰어오는 너에게 "왜 그래?"라고 물었더니 숨을 헐떡이면서 네가 뭐라고 했는지 알아?

"누나! 봄이 왔어."
"네가 그걸 어떻게 알아?"

그랬더니 신이 난 네가 제자리에서 두 발에 힘을 주고 콩콩 뛰더니 말하더라.

"저번 주엔 내가 땅을 밟으면 딱딱했는데 이제는 폭신폭신해."

막내야. 나는 일곱 살의 네가 알려준 덕분에 봄은 폭신폭신하게 온다는 걸 알아. 그 말을 마치고 너는 다시 장수풍뎅이를 찾겠다고 밭으로 뛰어갔어. 이번에도 백을 세기 전에 돌아오겠다는 말과 함께. 겨우 허리만큼 오는 네가 저만치 달려가는 뒤통수를 보는데 이상할 정도로 마음이 저릿하더라. 저 조그맣고 소란스러운 아이가 내 동생이라는 사실이 감사했어. 지금은 나보다 훨씬 키가 커진 네가 한때는 나를 올려다보는 작은 아이였다는 사실이 새삼 놀랍다.

중학생이 된 후로 사춘기를 겪는 건지 어디서든 너는 계속 휴대전화 화면만 보지. 할머니 할아버지를 보러 전처럼 자주 오지도 않고, 나를 보고도 이제는 놀러 가잔 말도 안 해. 가끔은 서운하기도 한데, 내가 네 나이 때도 그랬으니까 어쩔 수 없는 일이라 생각해야지. 나도 혼자 컴퓨터를 하고 친구들이랑 얘기하는 게 훨씬 재밌었거든. 가끔 엄마에게 전해 듣는 이야기로 네 학교생활이 어떤지 상상해보고, 네 카카오톡 프로필을 보면서 요즘엔 힙합을 좋아하는구나 여자친구가 생겼구나 그냥 짐작만 할 뿐이야.

그래도 막내야. 나는 네가 다른 것들도 잘 보는 사람이면 좋겠어. 때론 아무것도 하지 않고 그저 네 주변의 일들을 찬찬히 지켜보기만 해도 좋아. 네 나이를 이미 지나온 나는 네 곁에서 곧 사라질 것들이 보여. 지금은 아무것도 아닌 일처럼 느껴져도 나중의 너를 웃게 하고, 울게 하고, 결국엔 씩씩하게 만드는 기억들이 무심결에 너에게 많이 남기를 바란다. 그리고 너의 두 발로 봄이 폭신폭신하게 온다는 걸 알아챈 것처럼 너의 경험으로 스스로 세상을 알아가는 일들이 많아졌으면 좋겠다. 내가 너에게 바라는 100가지 중 오늘은 두 가지만 여기에 적을게.

지금은 안 궁금하겠지만 언젠가 내가 기억하는 네 이야기가 필요할 때가 있을 거야. 나는 너보다 항상 18년을 먼저 살 테고 그만큼 기억력도 빨리 사라질 테니 네가 언제 물을지 몰라 까먹지 않으려고 편지를 쓴다. 언젠가 이 편지를 보고 네가 씩씩해지는 날이 있다면 좋겠다. 일단 오늘은 네가 좋아하는 치킨 기프티콘을 보내. 맛있게 잘 먹고, 감기 걸리지 않게 이불 잘 덮고 자.

감사해.

빛을 안고 태어난, 나의 막내야.

여길 봐라, 저길 봐라

혼자 걸을 때도 혼자 걷지 않는다고 생각한 지 오래되었다. 내가 아주 혼자일 때 나는 할머니와 함께 걷는다. 예쁜 것, 눈부신 것, 아름다운 것을 보면 잠시 멈춰 서서 마음속으로 말을 건다. 할머니 여길 좀 봐. 손톱만 한 꽃이 피었어. 저길 좀 봐. 해가 노랗게 진다. 그럼 할머니가 '어머나. 정말 그렇네' 하며 고개를 끄덕이는 것 같다. 그 순간엔 할머니가 어디선가 가볍게 날아와 잠시 다녀간 기분이 들지만 가까운 사람에게도 이 느낌을 정확히 설명할 수 없다는 걸 안다. 하지만 누구나 이런 경험을 해본 적 있지 않은가. 그 사람이 없는 곳에서 그 사람을 떠올리며 잠시 하나가 되는 일.

“여길 봐라, 저길 봐라”는 할머니의 오랜 말버릇이다. 한쪽 다리가 불편해 오랜 시간 목발에 의지해 걸어야 했던 할머니는 예순이 넘어서는 목발을 짚고 일어서는 일도 어려워졌다. 그런 할머니에게 외출 시간은 가지는 것이 아니라 주어지는 것이었다. 다른 사람이 운전하는 차를 타거나 누군가가 밀어주는 휠체어에 앉아 바깥을 구경하는 시간이 할머니가 집이 아닌 다른 풍경을 볼 수 있는 시간이었다. 그래서일까. 할머니는 눈앞의 장면들에 자주 눈길과 마음을 빼앗겼다. 갑작스럽게 내리기 시작한 함박눈을 바라보는 사람들의 얼굴을 하고서. 2019년에 쓴 두 번째 책 《작별 인사는 아직이에요》에는 요양병원에 입원한 할머니와 보낸 1년의 시간이 담겨 있다. 할머니의 자식이 아닌 보호자가 되어 슬프고 좌절하는 날들도 많았지만, 그 1년은 책에 적은 것처럼 ‘스무 살에 독립한 이후 할머니와 가장 긴 시간을 함께 보낸 날들’이기도 했다. 사계절 동안 우리는 틈을 내 자주 산책을 나섰다. 할머니를 태운 휠체어를 밀면서 동네를 걷고 있으면 조금 높아진 할머니의 목소리가 들려왔다. 달님아. 이것 좀 봐라. 저것도 좀 봐라. 할머니가 가리키는 것들은 꽃집 앞에 내놓은 작은 화분일 때도, 오후의 빛이 일렁이는 호수의 잔물결일 때도, 까르르 뛰어가는 아이의 웃음일 때도 있었다. 때론 내가 본 것들을 할머니의 어깨를 두드리며 일러주기도 했다. 한 사람이 먼저 본 것을 다른 한 사람이 따라보는 것. 그것이 우리가 산책을 하는 방식이었다.

퇴원 후 집에서 방문요양 서비스를 받게 된 할머니는 1년 후 욕창으로 입원 치료를 받게 되기 전까지 거실에 있는 침대에 누워서 지냈다. 혼자서는 앉을 수도 없는 할머니가 세자리에 누워서 볼 수 있는 세상이란 아주 작아서 주말에 할머니를 보러 갈 때면 새로운 것을 보여주고 싶다는 마음에 조급함을 느꼈다. 고개를 돌리면 볼 수 있는 벽에 꽃 사진과 가족들의 사진을 붙이고 텔레비전 옆자리엔 작은 화분들을 늘렸다. 그리곤 자꾸만 묻게 되었다. 할머니 이 사진 좀 봐. 저기 화분에 꽃핀 것 좀 봐. 그럼 할머니는 내가 가리킨 곳에 시선을 떼지 않고 슬며시 고개를 끄덕였다. 가끔은 "어머. 정말 그렇네"라는 대답과 함께.

2020년 이월의 일이다. 바람을 쐬고 싶다는 할머니의 몸을 담요로 꽁꽁 싸매고 휠체어에 태워 마당으로 나갔다. 내가 어릴 적 살았던 집, 할머니 할아버지가 여전히 살고 있는 집은 산 중턱에 있어서 마당에 서 있으면 멀리 버스가 다니는 큰길이 내다보였다. 고개를 두리번거려도 산동네의 겨울은 눈여겨볼 만한 것이 보이지 않아 조금 허무한 기분으로 큰길을 구경하고 있는데 할머니의 목소리가 들렸다.

"아랫집에 차가 와 있네. 저 집 아들이 왔나 보다."

할머니 말을 듣고 보니 노부부만 사는 아랫집 마당에 낯선 차가 보였다.

"저어기. 새가 앉았다."

정말로 저기 감나무 마른 가지 위에 새가 앉아 있는 게 보였다.

"구름이 저리로 가네."

나도 할머니를 따라 구름이 저리로 가는 걸 바라보았다.

그리고 내 발 근처에 핀 노란 민들레를 본 할머니가 말했다.

"민들레네. 민들레 이름은 안 잊었지."

그날 짧은 산책을 마치고 할머니를 다시 눕히는데 마음이 조금 가벼워졌다. 아무것도 없다고 생각한 곳에서 할머니는 아랫집 마당도 보고, 나무에 앉은 새도 보고, 구름이 저리로 가는 것도 보고, 민들레도 잊지 않고 있다는 게. 어쩌면 침대에 누워 있는 동안에도 할머니는 고개를 움직여 부지런히 무엇을 보고 있을 거란 생각을 하면 조금 위안이 되었다. 예를 들면 주말에 사다 놓은 토마토 화분이 어제와 다르게 얼마나 자랐는지, 창밖으로 보이는 나무에 이름을 안 적 있던 새가 앉았다 가는지, 부엌으로 걸어가는 할아버지의 내복이 옷 밖으로 어떻게 삐져나왔는지, 주말마다 찾아오는 자식의 얼굴이 어떻게 나이 들어가고 있는지. 사실은 바람에 가까운 믿음이었다.

욕창 치료로 할머니가 다시 집을 떠나 병원에 입원한 지 반년이 넘어섰다. 두세 달로 예상했던 치료가 길어지고, 코로나로 면회는 금지되었다. 믿을 수 없게도 그동안 할머니 얼굴을 한 번도 보지 못했다. 대신 꿈을 꾸는 일이 늘었고, 슬픈 마음을 모았다가 한 달에 한 번 할머니 병실로 편지를 보낸다. 그즈음부터였을 것이다. 내가 아주 혼자인 채로 길을 걸을 때 할머니가 잠시 다녀간다고 생각하게 된 것이.

얼마 전 친구가 이런 이야기를 들려주었다. 10년 동안 집에서 누워 지낸 할머니를 돌본 적 있는 친구였다.

"우리 할머니가 나한테 가장 자주 했던 말이 '한숨 자라'였어. 퇴근하고 오면 얼른 한숨 자라. 설거지를 하고 와도 한숨 자라. 한숨 자는 게 무슨 만병통치약인 것처럼."

그 말이 다시 떠오른 것은 할머니가 돌아가시고 한참이 지나 첫 아이를 키우면서라고 했다. 잠에서 깬 아이를 안고 어르다 지쳐 있을 때 거짓말처럼 할머니의 목소리로 "한숨 자라"는 말이 들렸다. 그때 친구는 아이를 돌보며 자꾸만 사라지는 자신의 시간이 아까워 마음 편히 잠을 자는 것이 어려웠다고 했다. 어느 날 들려온 할머니 말을 따라 친구는 잠든 아이 곁에서 한숨 자고 일어났다. 자고 났더니 몸이 한결 가벼워졌다. 그 후로 친구는 틈틈이 잠을 자고 일어났다. 그 시간 덕분에 살아갈 수 있었다고 친구는 말했다. 친구의 이야기를 듣고 생각했다. 그러니까 어쩌면 할머니의 "여길 봐라, 저길 봐라"라는 말은 나를 위한 말일지도 모른다고. 나는 본 것을 쓸 수밖에 없는 사람이므로.

어느새 여름이 끝나가는 것을 바람으로 느끼며 혼자 길을 걷는다. 그러다 어떤 풍경 앞에서 붙잡힌 듯 걸음을 멈추고 바라본다. 예쁜 것. 눈부신 것. 아름다운 것. 때로 가슴이 미어지는 것. 본 것을 소중히 가지고 집으로 돌아간다.

그러니 오늘 밤엔 글을 쓸 것이다. 어디서든 잘 보고, 기꺼이 감탄하는 당신을 매일 닮아가며. 그렇게 쓰며 살아갈 것이다.

마음을
생각하게 돼

02

"나는 결코 나 혼자서
내가 될 수 없음이라고."

은희에게

택시를 타고 가는데 라디오에서 그런 사연이 나오더라. 새벽에 지하철 청소를 하는 분이 보낸 사연이었는데, 그분이 하루 중 가장 좋아하는 순간이 언제인지 알아? 청소를 마치고 이른 아침 집으로 돌아가는 지하철에서 조용히 창밖의 한강을 바라볼 때래. 하는 일은 고돼도 그 짧은 시간의 행복으로 하루를 이어간다는 내용이었어. 진행자가 사연을 소개하는 말을 들으면서 그분이 보는 한강이 궁금해지더라. 어떤 풍경에 마음을 뺏겨 가만히 바라보게 되는 걸까. 그러다 문득 고모가 생각난 거야. 20년 전 고모가 중학생인 나를 신촌에 데려갔던 날. 닭갈비를 사 먹고 고모 집으로 돌아가는 지하철에서 우리 같이 한강을 본 적이 있잖아. 자리가 없어서 벽에 등을 기대고 선 고모가 말없이 한강을 보던 표정이 어렴풋이 생각난다.

중학교 입학을 앞둔 겨울방학에 고모가 준이를 우리 집에 맡겼지. 그때 준이 나이가 여덟 살. 준이가 태어나기 전부터 공장에서 휴대전화 부품을 만들던 고모는 2년만 야간 근무를 해서 바짝 돈을 모을 생각이었다고 했지. 하루 종일 서서 일해도 밥값을 아끼려고 도시락을 싸서 다녀도 고모 몸에 달라붙은 빚이 좀처럼 떨어지지 않았으니까. 그때 고모는 더 많은 일을 해서 조금이라도 빨리 돈을 모으는 일이 준이를 위한 거라고 스스로 다독였을 거야. 서울에서 차를 타면 여섯 시간이 걸리던 우리 집으로 준이를 데리고 왔던 날. 잠든 준이를 두고 늦은 밤 몰래 집을 나서던 고모를 봤던 기억이 나. 어둑어둑한 거실에서 할머니는 걱정하지 말라고 조심히 가라고 손짓을 하고, 고모는 신발을 신으면서 코를 훌쩍이고 있었지. 그때는 잠에서 깬 준이가 많이 울까 봐 걱정했는데, 이제는 잠든 준이를 방에 두고 나와 어두운 현관에서 신발을 신는 고모 마음을 생각하게 돼.

덕분에 나는 방학이 되면 준이를 데리고 서울로 갈 수 있었어. KTX가 없었을 때라 네 시간 반 동안 새마을호를 타고 가야 했지. 할머니도 고모도 애들만 기차를 태우는 일을 걱정했지만, 그때는 서울에 가는 게 친구들에게 은근한 자랑이 됐어. 읍보다도 작은 면에 살던 내가 꼭 다른 사람이 되는 것 같았거든. 지금도 나는 기차를 타는 걸 좋아하는데, 준이는 삼십 분도 견디기 힘들어했던 기억이 나. 가는 내내 "누나 언제 도착해?", "몇 분 남았어?"라고 물어봐서 얼마나 귀찮았는지. 그러다 잠든 준이 옆에서 마이마이를 듣다가 한강이 가까워질 때면, 창문에서 느껴지는 서늘함과 함께 '어딘가'를 넘어왔다는 생각이 들었어. 그게 뭔지는 모르겠지만 인젠가는 이곳으로 넘어와 뒤를 돌아보는 사람이 되겠지 생각했던 것 같아. 그땐 왜 그렇게 서울에 가고 싶었을까.

고모가 살던 집이 생각난다. 작은 시장이 가까이 있던, 엘리베이터 없는 5층 아파트였지. 방도 욕실도 작았고, 불을 켜지 않으면 부엌이 어두컴컴했던 곳이지만 고모랑 준이랑 그 집에서 보내는 시간이 좋았어. 모뎀으로 인터넷을 하던 할머니 집과 달리 고모 집에서만 할 수 있었던 초고속 인터넷처럼 하루하루가 왜 그렇게 빨리 가던지. 누군가 내게 한 달이 넘는 방학 동안 서울에서 뭘 했느냐고 물어본다면, 글쎄 내가 뭘 했다고 말할 수 있을까? 느지막이 일어나 고모가 끓여놓고 간 감잣국이나 오징어국을 데워 준이랑 먹고, 준이가 친구들을 만나러 놀러 나가면 하루 종일 텔레비전을 보거나 인터넷 소설을 읽으면서 울었던 일. 퇴근한 고모와 감자탕집에 가서 남은 국물에 밥을 볶아 먹거나 치킨을 시켜서 밤늦게까지 드라마를 같이 보던 일. 주말엔 만화책 대여점에서 빌려온 순정만화를 보던 고모가 몰래 우는 걸 발견하거나, '두타'나 '밀리오레' 같은 쇼핑몰에 가서 한 장에 1만 원이 넘지 않는 티셔츠를 사는 날도 있었지. 그러니까 그때 내가 서울에서 한 일들이란 대부분 그런 것들이었어.

있잖아. 사실 나는 고모를 생각하면 마음이 약해진다. 만약 고모가 내 자식이라면 여러 손가락 중 가장 아픈 손가락이었을 거야. 준이와 서울에서 보낸 첫 여름방학이 끝나고 다시 우리 집으로 돌아가던 날 생각나? 서울역으로 우리를 데려다준 고모는 "엄마도 같이 가는 거지?"라고 물어보는 준이에게 그렇다고, 같이 가자고 다독이면서 객실까지 따라왔잖아. 그러지 않으면 준이는 가지 않겠다고 울고 떼를 쓸 테니까. 안심한 준이가 잠시 한눈을 판 사이 고모는 귓속말로 말했지. "내가 나가면 기차가 출발할 때까지 준이가 창밖을 보게 하지 마." 알아들은 내가 고개를 끄덕이는 걸 보고 고모는 준이와 눈을 맞추며 말했어. "엄마 화장실 다녀올게. 금방 올 거야." 그때 객실을 나가는 고모가 뒤를 돌아보지 않아서 고모가 울고 있다는 걸 알았어. 혹시나 준이가 창밖을 보게 될까 봐 걱정했는데 다행히 준이가 새로 산 게임기에 몰두한 사이 기차가 출발했지. 그제야 놀란 준이가 두리번거리며 창밖을 봤을 때, 이미 갔을 거라 생각했던 고모가 창밖에 서서 우리를 보고 있더라. 준이는 그 자리에서 바로 울음을 터뜨리고 고모는 손도 흔들지 못하고 기차가 시야에서 사라질 때까지 조용히 울고 있었지. 창밖으로 점점 작아지는 고모를 보면서 생각했던 것 같아. 제자리에서 울고 서 있는 고모가 살고 있는 한, 서울을 쉽게 좋아해선 안 될 것 같다고.

고모는 고모니까, 항상 나보다 나이가 많은 게 당연하잖아. 그런데 얼마 전 서울역에서 울던 고모 나이를 생각해봤는데 지금 내 나이보다 어린 거야. 고모의 나이보다 더 많은 나이가 된 내가 20년 전 서른의 은희를 생각해본다. 그날 신경 써 외출할 때 주로 입었던 청재킷에 스키니진을 입고 신촌에 다녀오던 날 말이야. 집으로 돌아가는 지하철에서 이야기를 하다가 창밖으로 보이는 한강을 보곤 둘 다 말이 없어졌잖아. 오래전 일인데도 가만히 한강을 바라보던 고모의 표정이 사라지지 않고 마음에 남아 있어.

그때 고모는 무슨 생각을 하고 있었던 거야?

정말로 필요했던 건

볼 때마다 얼굴을 골똘히 바라보게 되는 할머니 사진이 있다. 하나는 1988년 거실에서 찍힌 할머니 사진이다. 마흔아홉 살인 할머니는 회색과 흰색이 섞인 단가라 니트를 입고, 양반다리로 앉아 분홍색 꽃이 핀 화분에 물을 주고 있다. 짧은 반곱슬머리는 숱이 풍성하고, 양말을 신지 않은 발이 하얗고 통통하다. 살짝 미소 짓고 있는 할머니 뒤로 보이는 하얀색 3단 선반에는 종이 다른 열 몇 개의 화분이 가지런히 놓여 있다. 마치 할머니가 만든 작은 요새 같다. 이 사진을 찍고 몇 달 뒤 내가 태어났으니, 세상으로 온 내가 처음 본 할머니의 얼굴은 이 사진 속 모습과 가장 유사할 것이다.

다른 하나는 1990년 교회에서 노래를 부르고 있는 할머니 사진이다. 한때 할머니가 기독교를 믿었다는 사실을 이 사진을 보고 알게 되었다. 빨간 저고리에 감색 치마를 입은 할머니는 겨드랑이에 끼운 목발에 의지해 사람들 앞에 서서 노래를 하고 있다. 동그랗게 벌려진 입 모양이 아마도 "오-" 하고 부르는 것 같다. 집이 아닌 곳에서 자신의 이름인 '희섭'으로 살아 있는 할머니 모습이 낯설어 사진을 유심히 보고 있으면, 다홍색 립스틱을 바른 할머니가 '애. 나도 이럴 때가 있었다'라고 말을 거는 것 같다.

기억 속 할머니의 종교는 여러 번 바뀌었다. 할아버지를 따라 불교를 가장 오래 믿었고, 몇 해 전 요양병원에 머물 때는 교회에서 온 자원봉사자의 친절이 좋아 주일마다 찬송가를 불렀다. 하지만 지난날들을 살며시 더듬어보면 할머니가 가장 충실한 믿음을 가졌던 종교는 불교도 기독교도 아닌 불교 비슷한 종교였다. 그 종교에 대한 할머니의 믿음은 내가 초등학교 고학년일 때부터 시작해 중학교 중

반까지 이어졌던 것으로 기억한다. 한 달에 두어 번, 할머니는 종교 재단 건물에서 정기적으로 열리는 모임에 참석했다. 집에서 한 시간 거리인 모임 장소에 가려면 할머니는 목발을 짚고 시내버스를 두 번 갈아타야 했다. 주로 저녁 시간에 모임이 열렸기 때문에 할머니는 하교 시간에 맞춰 버스 정류장에서 나를 기다렸다가 함께 회관이라 불리는 곳으로 갔다. 로비에 들어서면 향냄새와 중앙 벽면에 놓인 커다란 금색 불상이 눈에 들어왔다. 그곳에선 할머니를 알아보는 이들이 많았고, 장년부 여성 회원들이 할머니의 이름을 부르며 반겼다. 어느 해인가. 할머니는 장년부에서 잠시 부장을 맡기도 했다. 아마도 할머니의 이름으로 가져본 가장 높은 직함 아니었을까. 할머니는 자신이 기도하러 간 사이 내가 청년부 프로그램에 참여하길 바랐지만, 낯가림이 심했던 나는 모임이 끝날 때까지 로비에서 기다렸다. 대부분 여덟 시가 넘어 끝이 났고, 밤에는 넉살 좋은 장년부 이모가 태워주는 차를 타고 집으로 돌아오곤 했다.

평일 오후에 종종 장년부 이모 서너 명이 집으로 놀러 올 때도 있었다. 그동안 몇 안 되는 동네 이웃들과도 잘 어울리지 못했던 할머니를 찾아오는 사람은 손으로 셀 수 있을 만큼 드문드문 집에 들르는 자식들뿐이었다. 생각해보면 할머니는 언제나 누군가를 기다렸던 것 같다. 텔레비전을 보고 있다가도 자동차 바퀴가 마당에 깔린 자갈을 밟는 소리가 들리면 "어머. 누가 왔다 보다" 하고 기대에 찬 눈빛으로 거실 창문을 내다봤다. 그들은 그런 할머니를 찾아온 유일한 손님이었다. 거실에서 할머니가 이모들을 맞는 동안 내가 할 일은 부엌 선반에 모시듯 넣어둔 커피잔을 꺼내 믹스커피를 타는 거였다. 금테를 두른 손잡이에 파란색 잔꽃이 그려진 잔이었다. 쟁반에 커피잔과 과일을 담아가면 할머니와 이모들은 거실에 동그랗게 둘러앉아 한 시간가량 이야기를 나눴다. 대부분은 자신들의 믿음과 믿음이 이뤄낸 것들에 대한 이야기였고, 그러다 자연스럽게 다른 회원에 대한 험담이나 자식과 남편 얘기로 이어졌다. 방에서 이어폰을 꽂고 컴퓨터를 하는 동안에도 그들의 말소리가 한 번씩 선명하게 들릴 때가 있었다. 그럴 때면 할머니 목소리에 신경이 집중돼 마음이 조마조마해지곤 했다. 할머니는 은근히 거짓말을 보태 자식 자랑을 여러 번 반복하는 사람이었고, 그런 할머니를 사람들이 불편해하거나 지루해할 것 같아서였다. 학교에서도 그런 아이들은 무리에서 서서히 소외되었다. 모두 진심은 아니었을지라도 그들은 희섭이라는 사람의 존재를 환영해주는 사람들처럼 보였고, 연약하고 다정한 울타리 속에 할머니가 무사히 있기를 바랐다. 다행히 이모들은 할머니의 다리를 주물러주고, 대단하다 말해주고, 잘 웃어주는 사람들이었다. 그리고 가끔 내 방에 찾아와 자신을 엄마라고 불러도 된다고 머리를 쓰다듬었다. 누군가를 엄마라고 부르고 싶다고 생각한 적이 없었지만, 그래야 할 것 같아서 얌전히 뒤통수를 맡겼다.

하지만 오래지 않아 할머니의 기도가 멈췄다. 얼굴이 익숙해진 이모들도 언제부턴가 집으로 오지 않았다. 요즘엔 왜 모임에 가지 않느냐는 물음에 할머니는 잠시 침묵한 뒤 그들은 아주 못된 사람들이라고 말했다. 다리를 쓰지 못하는 자신을 사람들 앞에서 무시했다는 거였다. 그러고는 영영 그 일에 대해 입을 다물었다. 할머니가 오해한 것 아니냐고, 이모들은 좋은 사람 같았다고 이야기하고 싶었지만 할머니의 상처가 깊어 보여서 나도 입을 닫았다. 그 후 할머니는 다시 자식들의 차가 마당에 들어서는 소리를 기다리는 사람이 되었다. 그즈음 할머니가 말없이 텔레비전을 보는 모습에서, 선반 깊숙이 넣어둔 찻잔에서, 혼자 다시 기도를 시작한 뒷모습에서 어렴풋이 느껴지던 것이 있었다. 그때는 정확히 깨닫지 못했지만, 그건 상심의 빛이었다. 언젠가 볕이 좋은 오후에 창문 사이로 새어든 햇빛이 긴 부채꼴 모양으로 거실 바닥에 머무는 모양을 본 적 있다. 불을 켜지 않아 바깥보다 어둑한 거실에서 오직 그 자리만 빛이 고인 듯 환했다. 밝은 빛이었지만 오직 그 자리만 환하다는 사실은 쓸쓸한 기분이 들게 했고, 왜인지 할머니가 장년부 이모들과 거실에 모여 앉아 커피를 마시던 시간을 떠오르게 했다.

2019년 할머니가 요양병원에 머물던 때, 일요일이면 병원 1층 레크리에이션 실에서 예배 모임이 열렸다. 가까운 교회에서 자원봉사 하러 온 젊은 목사와 함께 기도하고 찬송가를 부르는 시간이었다. 어느 일요일 할머니를 보러 병원에 찾아갔을 때, 평소보다 예배가 일찍 시작돼 모임이 끝날 때까지 레크리에이션 실 앞에서 기다린 적이 있었다. 목사가 농담을 했는지 할머니들이 명랑하게 웃는 소리와 기타 반주에 맞춰 노래를 부르는 목소리가 들려왔다. 담당 요양보호사가 조금 열어준 문틈 사이로 벽에 걸린 거울에 비친 할머니의 얼굴이 보였다. 환자복을 입은 할머니는 낯선 할머니들 틈에서 가사집을 보며 노래를 부르고 있었다. 어떤 부분은 자신 없이 고개를 끄덕이다 어떤 부분은 잘 아는 노래처럼 또박또박 따라 불렀다. 마치 오랫동안 믿음을 지켜온 사람처럼 충실한 표정을 짓는 할머니를 지켜보았다. 그동안은 여러 번 종교를 바꾸며 살아온 할머니에게 필요한 것이 자신의 기도를 들어줄 신의 존재라고 생각했다. 하지만 할머니에게 정말로 필요했던 건, 신이 있어서 만날 수 있었던 낯설고 친절한 사람들. 자신의 삶에도 들여놓고 싶었던 빛이 고이는 작은 면적은 아니었을까. 문틈으로 새어 나오는 여러 목소리 중 어렵지 않게 할머니 목소리를 구분해낼 수 있었다. 아마도 노래를 하는 동안 할머니는 덜 외로울 것이다. 그렇게 생각하니 안심이 됐고, 조금 지나자 내가 앉아 있는 자리 위로 쓸쓸함이 내려앉았다.

상상하는 뒷모습

새해가 얼마 지나지 않았던 때. 이른 아침부터 할아버지를 따라 경주에 있는 어느 절에 간 적이 있다. 평소라면 가지 않았겠지만 대학교 졸업을 앞두고 마음이 심란하던 때라 군말 없이 따라나선 것이다. 아는 사람들만 찾아온다는 그 절은 차가 없으면 쉽게 가기 힘든 산 깊숙한 곳에 있었다. 큰 차도에서 좁은 길로 들어선 다음 비포장 흙길을 덜컹거리며 십 분 정도를 오르니 차를 세울 수 있는 야트막한 평지가 보였다. 그곳에 차를 세우고 내려보니 절까지 걸어가야 하는 가파른 흙길이 보였다. 걷는 상상만으로 이미 심신이 단련되는 기분이었다. 할아버지는 트렁크에서 등산 스틱 두 개를 꺼내 나에게 전부 주곤 본인은 맨손으로 앞장서 걸었다. 15년 전의 일이니 할아버지도 고관절 수술을 하기 전이었던 때라 가능한 일이었다. 고르게 숨을 내뱉는 할아버지의 뒤를 가쁜 숨을 내쉬며 따라 올라갔다. 헉헉대느라 땅만 보며 걷다 고개를 들면 '허 참. 젊은 녀석이 뭐가 그렇게 힘이 드냐'며 뒤처지는 걸음을 기다려주는 할아버지의 웃을 듯 말 듯 한 얼굴이 보였다.

이제 와 절의 이름이 무엇이었는지는 기억나지 않지만 마당에 들어섰을 때 맡았던 향냄새와 머리 위로 펼쳐져 있던 연등을 넋 놓고 보았던 기억은 남아 있다. 그렇게 많은 연등을 보는 건 처음이라 고개를 뒤로 젖히고 그 아래서 잠시 서성거렸다. 새것 같은 산들바람에 흔들리던 연등 사이로 깨끗하고 맑은 하늘이 보였다. 초등학교 운동회 날 만국기 사이로 보았던 파란 하늘이 떠올랐다. 옆에서 지켜보던 할아버지는 사람들이 새해 소원을 비는 등이라고 했다. 저마다 기도하는 마음을 담아 하늘에 닿게 달아두는 것이라고. 자세히 보니 등마다 누군가의 바람이 적힌 종이가 나풀거리고 있었다. 얼굴도 이름도 모르는 이들의 소원

아래에 서 있다는 게 어쩐지 뭉클해질 때쯤 할아버지의 목소리가 들렸다.

"여기 네 이름을 적은 등도 있다."

"진짜요? 어디 있어요?"

"여기서 잘 찾아봐라."

장난기 묻은 할아버지의 목소리에 불쑥 긴장이 됐다. 이 많은 등 중에 내 등도 있다는 말이지? 혹시 못 보고 지나칠까 봐 종이에 적힌 글씨들을 유심히 더 살펴보았다. 이름은 모두 달랐지만 대부분 사랑하는 이의 행복과 건강을 바라는 내용이었다. 소원을 빌 때면 잠시나마 겸손한 마음이 되는 것. 하나의 소원 앞에선 결국 바라는 게 비슷해지는 사람들이 문득 가깝게 느껴졌다. 이리저리 두리번거리는 동안 할아버지도 함께 고개를 들어 등이 걸린 하늘을 천천히 눈에 담는 모습이 보였다. 여기 있다는 말이 들리지 않는 걸 보니 할아버지도 어디에 있는지 모르는 눈치였다. 결국 내 이름이 적힌 등은 찾지 못했지만 어딘가에 있다고 생각하고 돌아서는 걸음이 더 좋았다. 보지 않아서 사라지지 않을 수도 있다는 어렴풋한 마음을 언젠가는 정확히 설명할 수 있을까.

할아버지가 아는 명당이 있다고 해서 그곳으로 걸음을 옮겼다. 어쩐지 의기양양해 보이는 모습으로, 뒷짐을 지고 앞서 걷는 할아버지가 보였다. 할아버지가 데리고 간 곳은 절의 외진 구석, 산 아래가 훤히 내려다보이는 자리였다. 발아래를 내려다보니 우리가 서 있는 곳의 높이가 느껴졌다. 좋은 곳에 데려왔으니 이제부터는 너 알아서 하라는 듯 할아버지는 말없이 앞만 바라보았다. 할아버지를 따라 나도 건너편을 보며 서 있었다. 조용하고 높은 곳에 서 있자니 마음이 들뜨면서도 차분해져 무언가를 결심하기 좋은 타이밍처럼 느껴졌다.

"이렇게 해봐라."

그 순간 할아버지도 어떤 타이밍이란 걸 느꼈던 걸까. 고개를 돌려 바라본 할아버지는 턱을 살짝 들어 깊은숨을 들이마신 다음 천천히 긴 휘파람을 불듯 숨을 내쉬었다. 마치 숨을 모아 먼 데까지 보내는 사람 같았다. 눈치로 보아 다음은 내 차례인 것 같아 할아버지를 따라 숨을 크게 들이마셨다. 콧속이 찡해질 만큼 깨끗하고 찬 바람이 들어왔다. 천천히 내쉬어라,라는 할아버지 말에 숨을 내뱉는 동안 할아버지는 바통을 이어받은 사람처럼 이번엔 더 크게 숨을 들이마셨다. 들숨에 올라가는 어깨와 날숨에 쏙 패인 할아버지의 마른 볼이 보였다. 만담하듯 숨쉬기를 주고받으니 웃겨졌고, 웃고 나면 막막했던 일들도 조금은 만만하게 느껴졌다. 할아버지는 말했다.

"이렇게 비우는 거다. 비워야 채울 수 있다."

그때 스무 살의 나와 예순아홉의 할아버지가 함께 갔던 절의 위치는 잘 기억나지 않는다. 다만 낙엽 타는 냄새와 비슷했던 향냄새와 머리 위로 펼쳐져 있던 여러 색깔의 연등, 나란히 호흡하는 두 사람의 모습만 내 몫처럼 남아 있다. 본 적 없는 할아버지와 나의 뒷모습도 함께 떠오르는 건 돌아보는 일이 결국은 그 시간의 풍경을 상상하는 일이기 때문일 것이다.

그래서일까. 돌아보면 익숙한 두 사람의 뒷모습이 언제나 그 자리에 서 있는 것만 같다.

그곳으로 가자

이상하지. 새벽에 잠에서 깨면 꼭 불안한 일들이 떠올라. 한번 시작된 걱정은 걷잡을 수 없이 커지고 나는 옴짝달싹 못 한 채로 두려운 생각에 빠져들어. 누군가가 나를 그 생각에 묶어두기라도 한 것처럼 말이야. 그중 가장 나쁜 상상은 사람들이 모두 나를 비난하고 돌아서는 거야. 사실이 아니라는 것을 알면서도 나중에는 어느 쪽이 진짜인지도 헷갈릴 만큼 무서워지지. 아마도 너는 이런 새벽을 알고 있겠지. 그럴 때면 나를 떠나지 않을 것 같은 사람들의 얼굴을 하나둘 떠올려보고, 그래도 불안이 가라앉지 않으면 한 번 본 드라마를 다시 틀거나 소설책을 읽어. 내가 아닌 다른 사람들의 이야기가 필요하니까.

어제 새벽에는 지난밤에 읽다 덮어둔 소설을 읽었어. 한일 월드컵이 열린 2002년에 열다섯 살이 된, 우리와 동갑인 주인공이 등장하는 이야기야. 이 책에는 네가 좋아하는 것들이 많이 나와. 왕가위 감독의 영화 〈중경삼림〉, 아이 야자와의 만화 《나나》, 《파라다이스 키스》, 밴드 델리스파이스와 자우림의 노래들. 익숙한 이름들을 보면서 얼마 전 《나나》를 중고 책으로 구입해 다시 읽던 네 생각이 났지. 그러는 사이 불안함은 내버려 둘 수 있을 만큼 작아지고 나는 또다시 궁금해진 거야. 이야기로만 여러 번 들어온 너의 10대 시절이. 만약 그때 내가 너를 만났다면 어땠을까. 교복을 입은 우리도 지금처럼 가까워질 수 있었을까. 확신할 수 없지만 이 생각만은 하게 돼. 고등학생 때 극장에서 좋아하는 영화를 보고 나오면 처음 느껴보는 기분에 사로잡힐 때가 있었어. 사랑에 빠진 사람처럼 마음이 높게 떠오르고 간질거리는데 내가 느끼는 좋음을 어떻게 말해야 할지 모르겠는 기분. 누구에게라도 설명하고 싶지만 말을 하는 순간 그 영화를 시시하게 만들어버릴 것 같은 기분. 그런데 왠지 너라면 잔잔한 목소리로 나의 좋음을 이해할 수 있었을 거란 생각을 하게 돼. 같은 것을 보고 나면 굳이 설명하지 않더라도 나의 좋음을 잘 알아채는 너니까.

우리는 서로를 모르는 10대 시절을 다 보내고 20대 중반에 처음 만났지. 노랗게 탈색을 한 머리에 피어싱, 몸 여러 군데에 타투를 한 너를 보았을 땐 호기심과 함께 '너와 나는 얼마나 다른 사람일까?'라는 생각을 했었어. 너는 지금껏 내가 만나본 가장 낯선 사람이었거든. 적고 나니 이 말이 참 우습게 느껴진다. 너에게 느꼈던 거리감이 무색할 만큼 이상할 정도로 빠르게 친해진 우리는 그 후로 10년의 시간을 매일 같이 붙어 지냈지. 변화를 좋아하지 않는 내 삶에 예외인 날들이 있다면 그건 대부분 네가 나를 어딘가로 데려가 주었기 때문이야. 네가 있어서 할 수 있었던 일들과 갈 수 있었던 곳들을 기억해. 그리고 알고 있겠지. 너는 아주 똑똑하고 깊은 사람이라서 많은 이야기를 스스럼없이 할 수 있게 된다는 걸. 그것이 나를 얼마나 편안하고 자유롭게 만드는지도.

언젠가 네가 그랬지. 우리가 동시대에 태어난 것은 행운이라고. 운이 좋게 같은 시대에 태어나 가까운 곳에 있다는 이유로 나는 너의 기쁨도 보고 강함과 약함 그리고 슬픔도 보지. 속 이야기를 잘 하지 않는 네가 가끔 너의 불면과 오래된 무력함을 내비칠 때면 나는 나의 나약함을 깨달아. 잘 지내고 있을 거라고 생각한 네가 사실은 캄캄한 밤을 보냈음을 알게 되는 순간 무슨 말을 해야 할지 막막해지고 두려움부터 생기거든. 모르는 척 나랑 계속 놀자고, 무엇이든 해보자고 말을 꺼내 보지만 네가 계속 살고 싶게 만드는 데 나만으로는 부족하다는 것을 알아. 물론 그 누구도 단 하나의 이유가 되어줄 수는 없겠지만. 그래도 이런 말은 너에게 해볼 수 있어.

얼마 전 SNS에서 이런 글을 보았어. 카페 손님 중에 엄마와 어린아이가 있었는데 아이가 무슨 이유에선지 끊임없이 울었던가 봐. 좀처럼 아이가 울음을 그치지 않자 엄마는 아이를 품에 안고서 카페에 있는 손님들을 차례로 찾아가 아이에게 인사를 시켜주었대. 그러자 약속한 것도 아닌데 어른들이 차례차례 아이를 향해 손을 흔들면서 웃어주었다는 거야. 마지막으로 글을 쓴 사람에게도 아이와 엄마가 다가왔고, 두 광대가 볼록해질 만큼 밝게 웃어주었는데 엄마가 아이에게 이렇게 말했대. 이것 봐. 모두 너를 향해 웃어주잖니. 그러자 아이도 소리 내서 환하게 웃더라는 거야. 이 이야기 너무 좋지 않아? 안타깝게도 우리는 더 이상 귀여운 어린아이가 아니라서 모두가 우는 너를 향해 웃어주진 않겠지만. 그래도 어때. 적어도 나는 너를 향해 웃는 사람이잖아. 많은 순간 네가 나의 존재를 긍정해주듯이.

과거로 가볼 수는 없지만 미래는 아침마다 다가오는 것이라서. 그럼에도 아직은 자꾸만 멀리 있는 일처럼 느껴져서. 우리는 지겨워하지 않고 몇십 년 후에 대한 상상을 늘어놓지. 할머니가 되면 볕 잘 들고 조용한 동네에서 같이 살자. 그렇다고 같은 집에서는 말고, 걸어서 갈 수 있는 거리에서. 가까운 노인 복지관에 가서 춤도 배우고 최신 핸드폰도 배우고 새로 사귄 친구들이랑 맛있는 것도 먹으러 가자. 언젠가 드라마를 보다가 네가 했던 말, "나중에 우리도 할머니가 되면 냉장고에 종류별로 김치가 들어 있을까?" 냉장고에 계란 한 알도 없는 내가 나중이라고 그렇게 될 것 같진 않으니 비가 오면 요리 솜씨가 좋은 너희 집에 있는 김치를 꺼내서 부침개를 부쳐 먹자. 생일이 되면 부끄러워하지 말고 생일 축하 노래를 크게 부르자. 불쑥 생각이 나면 사는 동안 멀어진 사람들에게 전화를 걸자. 그때는 살아 있다는 것만으로도 다 웃어지지 않을까.

너와 이런 실없는 대화를 하면서 대부분은 웃어넘기고, 이상하게도 한 번씩은 마음이 미어질 때. 나는 꼭 그곳으로 가야겠다는 생각을 한다면 믿어지니. 내가 가야 할 곳이 장소가 아니라 시간이라는 것이. 살아보고 싶은 미래가 나를 기다리고 있음이 생생하게 실감이 난다면 말이야. 그러니까 우리. 어김없이 다가오는 삶을 누리고 견디면서 할머니가 될 때까지 살자. 네가 사랑하는 사람들, 내가 사랑하는 사람들 여럿과 매듭 같은 팔짱을 끼고서 우리가 할머니가 된 시간으로 가자. 모쪼록 몸과 마음은 크게 다치지 말고. 어느새 지나버렸는지 모를 세월을 지나서. 그러다 어느 날 오래전 했던 말을 떠올려 말해보는 거야.

이것 봐. 네 곁에 있는 사람들이 모두 너를 향해 웃어주잖니.

시월의 글쓰기 수업

전교생이 사십여 명인 작은 학교에서 글쓰기 수업 요청이 왔다. 몇 년 전 단편 영화를 촬영하기 위해 두어 번 가본 적 있는 면面에 있는 중학교였다. 글쓰기 수업은 다른 어떤 일보다 신중하게 고민하는 편임에도 이 수업은 선뜻 하겠다고 한 이유는 두 가지였다. 하나는 연락을 주신 담당 선생님의 메일에서 아이들을 얼마나 아끼는지 느껴져서였고, 하나는 나 역시 전교생이 오십 명 내외인 작은 중학교에 다녔다는 공통점 때문이었다. 동네를 둘러싼 산과 바람, 논과 개울, 이른 새벽과 길고 깜깜한 밤이 익숙할 아이들. 이 아이들이라면 나도 들려줄 이야기가 있을 거라는 생각이 들었다.

수업을 신청한 아이들은 중학교 1학년부터 3학년까지 고루 섞인 열세 명. 담당 선생님과 독서 동아리를 하는 아이들이라고 했다. 수업을 2주 정도 앞두고 아이들은 글쓰기 수업에서 기대하는 점을 적어 선생님을 통해 보내주었다. 책을 잘 읽었다는 아이. 같은 도시에 사는 작가를 만나보고 싶다는 아이. 재미있는 추억을 만들고 싶다는 아이. 그중 가장 많은 이유는 역시 글을 잘 쓰는 법을 알고 싶다는 것이었다. 두 시간 동안 나는 어떤 방법으로 아이들에게 글을 잘 쓰는 법을 알려줄 수 있을까. 시시하게 느껴지겠지만 좋은 책을 많이 읽는 것이 가장 중요하다고 하면 될까? 아니면 내가 안다고 생각하는 글쓰기의 기술을 알려주면 될까? 내게 두 시간이 아닌 열 시간이 주어진 대도 글을 잘 쓰는 방법을 능숙하게 알려줄 자신은 없었다. 나에게도 글쓰기는 언제나 헤매는 일이기 때문이다. 다만 아이들에게 주고 싶은 것이 있다면 그것은 시간이었다. 평소보다 잘 보고 잘 듣고 잘 느끼는 데 집중해보는 시간. 나는 잘 보고, 잘 듣고, 잘 느끼는 사람이 글을 쓰게 되리라 믿는다.

잘 쓰는 것은 그다음의 일이다.

수업을 열흘 앞둔 날. 아이들에게 세 가지의 과제를 내주었다. '첫째, 열흘의 시간 동안 나를 기분 좋게 만들었던 장면 두 가지를 기록해주세요. 둘째, 주변의 소리에 귀를 기울여보고 그중 가장 기억에 남는 소리 한 가지를 기록해주세요. 셋째, 기쁨을 느꼈거나 슬픔을 느꼈던 순간 한 가지를 기록해주세요.' 과제 메일을 보내고 나서 나 또한 함께 과제를 하는 마음으로 열흘을 보냈다. 내가 본 것, 들은 것, 느낀 것들을 짧은 메모로 남기면서 아직 얼굴도 모르는 아이들을 자주 궁금해했다.

수업이 있던 시월의 휴일 오전. 차를 타고 학교로 가는 길에 노랗게 벼가 익어가는 논을 끼고 걷는 아이들 몇몇을 보았다. 아마도 오늘 수업을 듣는 아이들이겠지. 예정보다 이십 분 일찍 도착해 운동장에서 기다리고 있으니 둘 셋 무리를 지은 아이들이 운동장을 가로질러 교실로 들어가는 모습이 보였다. 다들 아침밥은 먹고 왔으려나. 저 중에는 학교와 꽤 먼 동네에 사는 아이들도 있을 것이다. 등교

하려면 새벽 여섯 시 사십 분에 면 소재지로 가는 첫차를 타야 했던 중학생의 나처럼. 여섯 가구가 모여 살던 그 동네는 버스 정류장이 따로 없어서 동네 입구에 있는 커다란 도토리나무 앞에 서서 버스를 기다렸다. 학생이 드문 산동네여서 가끔 늦잠을 잘 때면 버스 기사님이 내가 집에서 뛰어나올 때까지 기다려주는 일도 있었다. 이 동네엔 학교에 가는 아이가 있다는 것을 버스를 모는 사람도 타는 사람도 다 알고 있었기 때문이다. 평소엔 한산하던 첫차도 5일마다 돌아오는 장날이면 물건을 팔러 나가는 할머니 할아버지의 소란으로 버스가 가득 찼다. 바닥엔 온통 보따리들이라 발 디딜 틈도 없었는데, 그럼 가까이에 앉은 이름 모를 할머니가 자신의 보따리에 나를 풀썩 앉혔다. 학교로 가는 버스 안에서 물끄러미 보았던 노란 벼의 물결이나 비가 내린 다음 날엔 무섭게 물이 불어나 있던 계곡. 밤이 더 이르게 찾아오는 겨울엔 깜깜한 도로를 유일하게 비추던 버스의 환한 헤드라이트도 기억한다. 한 시절을 나누는 분기점을 10년이라고 할 때, 지금과 더 가까운 20대보다 내게는 교복을 입고 보았던 장면들이 더 선명하게 남아 있다. 아마도 그 시절에는 가만히 보기만 해도 되는 시간이 넉넉해서였을 것이다.

아이들을 따라 나도 운동장을 가로질러 국어 교실로 들어섰다. 선생님의 자리에 앉아 아이들을 바라보니 긴장이 돼서 웃음부터 났다. 오전의 옅은 노란빛이 들어찬 교실. 열세 명의 말간 얼굴들을 보며 먼저 아이들이 미리 읽고 와준《나의 두 사람》에 대한 이야기를 꺼냈다. 할머니 할아버지와 산동네에서 살았던 시간들과 그 시간이 내게 준 많은 것들. 그리고 그 이야기가 어떻게 한 권의 책이 되었는지에 대해서도. 마지막에는 아이들에게 "《나의 두 사람》이라는 책을 쓰고 난 후 어떤 점이 가장 좋았을 것 같나요?"라는 질문을 했다. 마음속으로 생각한 대답은 글을 쓰면서 나를 이해하는 시간을 가진 덕분에 내 삶이 더 좋아졌다는 것이었다. 내 질문에 교실의 왼편에 앉아 있던 한 아이가 손을 들고 말했다. 이야기를 하는 동안 나와 가장 눈을 많이 마주친 아이였다.

"작가님과 비슷한 독자를 만나면요. '나 같은 사람이 이 세상에 또 있구나'라는 걸 알게 돼서 그게 가장 좋았을 것 같아요."

아마도 그 아이는 나에게서 자신과 비슷한 어떤 부분을 보았던 것이 아닐까. 할 수 있다면 그 아이 손바닥에 동그라미를 그리고 조심스럽게 손을 접어주고 싶었다. 생각해보니 너의 말이 정말 정답인 것 같다고. 아이들과 몇 가지 질문을 더 나눈 다음 각자 해온 과제를 한 명씩 차례대로 발표해보기로 했다. 단, 기쁨과 슬픔을 느꼈던 순간은 글로 쓰기 위해 종이에 남겨둔 채로. 아이들은 자신의 차례가 오면 입꼬리를 씰룩대면서 쑥스러워하면서도 곧잘 자신이 보고 들은 것이 무엇인지 나와 친구들에게 들려주었다. 그 이야기를 듣는 시간이 좋아서 아마 내 두 광대는 볼록 솟아 있었을 것이다. 아이들이 기록해온 장면과 소리 중 몇 가지를 옮겨 적는다.

나를 기분 좋게 만들어준 장면
— 저는 아침에 학교에 갈 때 집에서 한 사 분 정도 걸어서 있는 버스 정류장에서 버스를 타는데요. 딱 집에서 나오면 위에 숲으로 덮인 길이 있어요. 아침에 그곳을 걸으면서 등교를 하

는데 공기도 상쾌하고 새소리도 들려서 기분이 좋았어요.

— 종종 하굣길에 아빠가 데리러 오는데 그날은 데리러 온다는 연락을 못 받았어요. 오늘은 버스를 타고 가야겠다 생각하고 있었는데 스쿨버스에서 내리고 나니 나를 기다리는 아빠 차가 보였어요.

— 밤에 집 밖으로 나가서 안 쓰는 김치냉장고(?) 위에 누워 하늘을 보면서 친구와 전화를 했는데 시험도 끝나고 친구랑 전화도 하면서 이쁘게 떠 있는 별도 보니까 심심하지도 않고 하늘을 보면서 힐링이 되는 기분이었어요.

— 음악 감상 시험을 치던 날. 친구들이 집중해서 음악을 듣고 문제를 푸는 모습들이 예전보다 조금 더 성장한 것 같다고 느껴져서 기억에 남아 있어요.

— 하교하는 길 해가 지는 하늘을 보았을 때 표현할 수 없는 감정을 느꼈어요. 시간이 멈춘 듯 이 지구에 나 혼자 있는 느낌이었어요. 잠시였지만 기분이 좋았어요.

기억에 남는 소리

— 며칠 전 등교를 할 때 비가 내렸는데 우산이랑 도로에 그 비가 떨어지는 소리가 좋았어요.

— 친구들이랑 대화하며 웃었던 소리가 가장 기억에 남아요. 나만 아는 친구의 웃음소리가 있거든요.

— 저는 잘 때 선풍기를 틀어놓고 자는데 고요한 밤 조용히 들리는 선풍기 소리는 마음에 편안함과 안정감을 주어서 기억에 남아 있어요.

— 우리 가족은 제가 어렸을 때부터 거의 하루도 빠짐없이 자기 전에 서로 '잘 자' 또는 '굿 나이트'라며 인사를 하고 자는데요. 남이 들으면 유치하다고 할지 모르겠지만 저는 매번 이 소리를 들으며 잠을 자면 진짜 잠이 잘 오고 포근해져요. 그래서 저는 지난 열흘 동안 매일 들었던 '굿 나이트'라는 포근한 한 마디가 가장 기억에 남는 것 같아요.

아이들의 이야기를 듣는 동안 가장 자주 물어본 것은 '왜?'였다. 왜 마음에 남았니. 왜 기분이 좋았니. 왜 쓸쓸해졌니. 스스로 왜?라고 물어보는 일이 우리를 글로 데려가 줄 것이기 때문이다. 그날 남은 수업 시간 동안 아이들이 기쁨과 슬픔에 대해 쓴 글은 발표하지 않고 집으로 챙겨와 혼자 읽었다. 흰 종이에 연필로 써 내려간 글엔 열네 살부터 열여섯 살 아이들의 개별적인 기쁨과 슬픔이 담겨 있었다. 기쁨보다 슬픔이 더 많았고, 어떤 기쁨은 슬픔과 다르지 않기도 했다. 아이들의 편지 같은 글을 읽고 나도 짧은 답장을 썼다. 부모의 마음을 최선을 다해 이해하고 싶어 하는 한 아이의 글은 읽고 나서 눈물이 났다. 그 아이에겐 내가 열여섯 살일 때 듣고 싶었던 말을 고심 끝에 적어서 보내주었다. 아마도 아이들은 금세 잊어버리겠지만, 답장을 읽는 동안만큼은 필요한 힘이 되기를 바랐다.

그날 자신의 글을 적은 종이 뒷면에 나를 그려준 두 명의 아이가 있었다. 그림을 잘 그리고 싶어 한다는 글을 적은 아이는 나를 만화 주인공처럼 그려주었고, 한 아이는 일자 앞머리에 짧은 단발머리, 동그란 안경을 쓴 내 얼굴에 반

짝이는 효과까지 넣어주었다. 그리고 어떤 아이는 '달님 작가님 계속 글 써주세요'라는 메모를 자신의 이름과 함께 적어놓기도 했다. 언제 이런 걸 남겨두었을까. 그림과 메모는 다음에도 보려고 사진을 찍어두었다. 열세 명의 아이들과 함께한 시월의 어느 휴일. 고개를 숙이고 손에 쥔 연필로 각자의 기쁨과 슬픔을 써 내려가던 그 시간에 아이들이 쓴 편지가 제때 나에게 도착한 것이라고. 그렇게 생각하며 혼자 뭉클해지던 저녁이 있었다.

그 여름의 빛

일요일 오전. 지루한 장마가 끝나고 순도 높은 햇빛이 방을 밝혔다. 기다리던 맑은 날이 왔으니 이제는 부지런히 몸을 움직일 차례였다. 크기가 넉넉한 종이 가방에 담은 여름 이불을 품에 안고서 옆 동네 코인 빨래방으로 걸어갔다. 이미 다녀간 손님이 있는지 세탁기 세 대 중 두 대는 이미 빙글빙글 돌아가는 중. 운 좋게 하나 남은 세탁기에 동전을 넣고 이불을 털어 넣었다. 유리문 밖은 쨍하니 밝고, 드물게 사람들이 지나쳐가는 작은 빨래방. 목욕탕 냄새와 세탁기 돌아가는 소리는 약속 없는 평온한 주말 오전을 닮았다.

집에 다녀오기에는 조금 멀어 빨래가 다 되기를 기다리며 노트북을 열었다. 사십 분 동안 글보다는 딴생각을 더 많이 하며 보냈더니 금세 시간이 지나버렸다. 건조까지 마친 이불을 꺼내니 보드랍고 따뜻했다. 빨래방으로 올 때처럼 다시 이불을 품에 안고서 집으로 돌아가는 길. 연하게 스며 있는 섬유유연제 냄새가 좋아 이불에 코를 박고 걸었다. 창문을 열어두고 짧은 낮잠이라도 자고 싶은 기분이었다. 몸에 닿는 여름 볕이 좋아 곧장 집으로 가는 대신 시간이 걸리더라도 조금 둘러서 가기로 했다. 10년 전, 1년 정도 살았던 동네라 걷는 길의 풍경이 익숙했다. 그리고 자연스럽게 오래전 살던 그 집을 지나가게 되었다.

그 집은 스물다섯에 이사한 두 번째 집이었다. 알고 지내던 사람이 이사를 나가면서 살기 괜찮다며 권유한 곳이었다. 믿을 만한 사람이었고, 월세가 저렴했고, 예나 지금이나 생활과 밀접한 일들에 무심한 편이라 제대로 알아보지도 않고 이사를 결정했다. 집의 문제점은 살고 나서 얼마 지나지 않아 바로 알 수 있었다. 부엌과 분리된 방은 창문을 열면 한쪽 팔 정도 거리를 두고 다른 집 벽이 있었다.

햇빛과 바람이 충분히 통하지 않았고, 건너편 집의 소리가 바로 옆에서 들리는 것처럼 방음에 취약했다. 그 때문에 이웃집 사람들이 언제 외출을 하고 언제 집으로 돌아오는지 귀 기울이지 않아도 알 수 있었다.

쾌적하지 않은 환경에서 사는 나쁜 점은 곰팡이가 쉽게 스는 벽지뿐 아니라 몸으로도 바로 나타났다. 살면서 처음으로 대상포진에 걸렸고, 그때 생긴 비염이 10년이 지난 지금까지도 낫지 않고 있다. 에어컨이 설치되어 있지 않아서 선풍기 두 대로 여름을 났는데, 선풍기 바람으로 가시지 않는 열대야에는 후텁지근한 방에서 수건으로 감싼 얼음물을 안고 잤다. 잘 울지 않는 내가 가장 많이 울던 날들이기도 했다. 어둡고 습한 장마 같은 기억으로 남아 있는 그 집에서 미련하게 1년을 넘게 살았다.

가장 어려운 점은 역시 빨래였다. 평소에는 창가 가까이에 건조대를 두고 선풍기 바람이나 보일러 온기의 도움을 받는다지만 이불을 충분히 말리기에는 햇빛이 부족했다. 그 집에서 보낸 첫 번째 여름. 유독 길게 느껴지던 장마가 끝나고 밤사이 누군가 하늘을 바꿔 놓은 것처럼 쨍한 주말이었다. 누구나 알 수 있는, 모처럼 빨래를 하기 좋은 날이었다. 편하게 가기 좋은 코인 빨래방도 없던 때. 바깥 날씨가 아까워 일단 세탁기에 이불을 넣고 시작 버튼을 눌렀다. 가까운 곳에 이불을 말릴 장소가 생각났기 때문이다. 세탁 종료를 알리는 소리와 함께 축축한 이불을 꺼내 안고서 건조대를 챙겨 밖으로 나갔다. 그렇게 걸어간 곳은 동네의 작은 공원. 가끔 동네 사람 여럿이 모여 담소를 나누는 정자와 벤치 두 개가 전부여서 쉼터라는 말이 더 어울리는 곳이었다.

아무도 없기를 바랐는데 오랜만에 해바라기를 나오셨는지 할머니 할아버지 서너 분이 정자에 모여 계셨다. 이불을 안고 나타난 젊은 사람을 보며 이상하게 생각하진 않을지 소심해진 마음으로 구석 자리를 찾아 건조대를 펼쳤다. 납작한 돌 두 개를 주워 와 건조대가 쓰러지지 않게 고정하고 이불을 탁탁 털어 널었다. 짐짓 아무렇지 않은 척 행동했지만 건조대를 치우라고 하면 어떡해야 하나 조바심이 났다. 이불을 최대한 평평하게 펼쳐놓고서 나무 그늘

안 벤치에 앉았다. 그 자리에서 빨래가 다 마를 때까지 기다릴 요량이었다. 적당히 따뜻하게 데워진 벤치에 가만 앉아 있으니 여름을 좋아하는 친구들과 싫어하는 친구들의 얼굴이 떠올랐다. 멀지 않은 하천에서 흐르듯 불어오는 바람에 기분 좋게 땀이 식었다. 역시 나는 여름을 좋아하는 사람이라는 생각도 함께. 멍하니 있자니 심심함이 찾아와 집에서 책이라도 들고 와야겠다는 생각이 들었다. 이대로 두고 가도 될까, 쭈뼛거리다 얼른 다녀오자는 마음으로 집으로 뛰어갔다. 약간의 초조함을 느끼며 얇은 소설책을 챙겨서 벤치로 돌아왔는데 그사이 바뀐 것이 하나 있었다. 건조대 중앙에 올려져 있는, 누구의 것인지 알 수 없는 1리터짜리 생수병. 무슨 일인가 싶어 두리번거리니 정자에서 목소리가 들려왔다.

"아가씨. 그거 우리가 놔둔 거야. 고새 이불이 바람에 날아가 버렸거든. 땅바닥에 떨어진 걸 털어서 널어놓곤 못 날아가게 올려놓은 거니까 목마르면 마셔도 돼."

아. 감사합니다. 정다운 목소리를 향해 꾸벅 인사했다.

쑥스럽기도 하고, 고맙기도 해 미소가 번진 얼굴을 숨기지 못하고 벤치에 앉았다. 일부러 말을 걸진 않아도 서로가 있다는 것은 충분히 아는 채로 시간을 보냈다. 조금 지나 할머니 할아버지들이 먼저 공원을 떠나고, 나는 남아 이불이 마르기를 기다렸다. 어디라도 편한 자리에 누워 한숨 자고 싶은 날이었다. 그날 늦은 오후에야 다 마른 이불을 챙겨 집으로 돌아갔다. 품에 안은 이불이 따뜻하고 포근했다. 그날의 햇볕이 흩어지지 않고 촘촘히 스며든 것처럼.

10년이 지난 지금. 오래전 집을 지나가면서 그곳에서 살았던 시간들을 떠올려보았다. 1년이 넘는 긴 날들은 어둡고 습한 느낌으로 두루뭉술하게 생각나지만, 어느 여름 작은 친절을 받았던 낮의 시간은 환하게 떠올랐다. 다행히도 잘 마른 이불을 안고 집으로 돌아가던 그날의 기분이 다시 한번 마음에 스며들었다. 목덜미가 따뜻해지는 것을 느끼며 남은 길을 걸었다. 결국, 사람에게는 빛이 필요한 것이다.

시절의 우리

지금은 자리를 옮겼지만, 졸업한 대학교 정문 삼거리에 롯데리아가 있었다. 버스 정류장이 바로 앞인 데다 멀리서도 눈에 띄는 간판 덕분에 롯데리아 앞은 자연스럽게 약속 장소가 됐다. 처음 와본 도시의 기숙사에서 짐을 풀던 저녁, 잠시 얼굴을 보기로 한 동기가 "삼십 분 후 롯리 앞에서 볼래?"라는 문자를 보냈던 기억이 난다. 그날 같이 만난 다른 동기 녀석이 "야. 롯데리아 네 글자 말하기가 귀찮아서 롯리라고 부르냐?"고 말하던 목소리도. 롯데리아의 왼편과 뒤편으로는 학생들이 자주 가는 식당들이 모여 있었다. 카레가 맛있었던 '노랑거인', 여러 명이 부대찌개와 김치찌개를 먹을 땐 '아카데미'와 '다정다맛'. 서비스로 떡볶이 한 접시를 줬던 '필레오'와 밑반찬이 다양해서 인기가 많았던 '미네'. 그중에서도 가장 자주 간 곳은 '엄마손분식'이었다.

'엄마손분식'은 점심시간이면 늘 자리가 부족할 만큼 인기가 좋았는데, 이유는 저렴한 가격과 엄마 손으로 만든 달고 짠 맛 덕분이었다. 대표 메뉴는 돈가스 볶음밥과 두루치기였지만, 벽에 붙은 메뉴판엔 스무 가지가 넘는 메뉴가 적혀 있었다. 자칫 보면 '아무거나' 다 판다고 생각할 수 있지만 '아무거나'가 포용하는 입맛의 다양성이 '엄마손분식'의 또 다른 장점이기도 했다. 덕분에 학교에 다니는 여러 해 동안 5천 원이 넘지 않는 돈으로 김치찌개와 참치찌개도 먹고, 치즈라면과 떡만두라면도 먹고, 떡볶이와 라볶이도 먹을 수 있었다.

처음 '엄마손분식'에 가게 된 건 입학한 지 얼마 안 된 삼월 초, 점심을 사준다는 H 선배를 따라서였다. 입학하고 첫 학기는 선배들이 사주는 밥을 얻어먹고 다니는 것이 신입생의 특권이라고 H 선배는 말했다. 처음엔 서너 명의 동기들과 얼떨결에 따라다녔지만, 나중엔 미안한 줄도 모르고 선배들이 사주는 공짜 밥을 먹고 다녔다. 생각해보면 그들도 겨우 스물둘, 스물셋이었을 사람들이었다. 그중엔 웃기고 밥 잘 사주는 '시바스대갈' 선배가 있었다. 그의 머리가 남들보다 조금 컸기 때문에 붙여진 별명이었다. 신입생환영회 술자리에서 그 별명을 처음 들은 이후로는 선배의 진짜 이름보다 시바스대갈이란 별명이 먼저 떠오르곤 했다. 일주일에 한 번 이상 동기들 몇몇과 함께 시바스대갈 선배를 따라 '엄마손분식'에 갔다. 그해 삼월을 떠올리면 앞서 걷는 동기들의 어깨가 봄볕에 빛나던 것과 학교 정문을 지키는 커다란 플라타너스가 생각난다. 귀밑까지 떠오른 기분을 느끼며 별거 아닌 말에도 쉽게 웃고, 다시는 입지 못할 촌스러운 옷차림으로 식당에 들어서면 소란스러운 분위기 속에서도 신입생들의 얼굴은 금세 눈에 띄었다. 잘 웃지만 상기된 얼굴, 주목받는 나이의 명랑한 기운이란 게 있었다. 어쩐지 세상이 너그럽게 봐주는 것 같았달까.

'엄마손분식'엔 두 분의 사장님이 같이 일했고, 종종 한 분이 더 일을 도울 때도 있었다. 그중 요리를 담당했던 여자 사장님은 말수가 적고 잔잔하게 웃는 사람이었는데, 소동 같은 점심시간의 소란을 능수능란하게 해결할 만큼 손이 빨랐다. 그러한 분주한 활기 속에서 키 크고 서글서글 잘 웃던 남자 사장님은 테이블마다 단무지와 김치 그릇을 친절하게 놓아주며 "뭐 줄까?"라고 물어보았다. 그러고 보니 '엄마손분식'의 인기 요인 중엔 두 사람의 잔잔하고 서글서글한 친절도 한몫했던 것 같다.

대학교에 다니는 4년 동안 여러 날 여러 모습으로 '엄마손분식'으로 밥을 먹으러 갔다. 1학년 여름방학부터 시작한 아르바이트를 마치고 늦은 저녁을 먹으러 가거나 처음 사귄 남자친구와 곰돌이 모양이 그려진 커플티를 입고 돈가스를 먹는 날도 있었다. 어느 날엔 갑자기 휴학한 뒤 사라진 시바스대갈 선배의 행방을 궁금해하며 식당에 들어서고, 음식을 나눠 먹으며 누군가를 험담하거나 좋아하는 선배 이야기를 하는 맞은편 얼굴들에게 깊은 우정을 느꼈다. 그 사이 두 분의 사장님과 몇 번 짧은 대화를 나눌 기회가 있었다. 특별히 알은체하는 사이는 아니었지만, 식당에 들어서고 나설 때 인사를 받아주는 두 사람의 얼굴에서 '저 사람들도 나를 알아보는구나' 정도를 느낄 수 있었다.

졸업하고 다른 동네로 이사 가면서 자연스럽게 '엄마손분식'을 찾지 않게 되었다. 꽤 친하게 지낸 동기들과 하나둘 연락이 끊기는 일을 크게 마음 다치지 않고 받아들일 수 있었던 것처럼, 단골 식당을 떠나는 일도 한 시절의 종료와 함께 일어나는 자연스러운 일 같았다. 학교를 졸업한 지도 10년이 지났고, 그사이 많은 가게가 문을 닫고 사라졌다. 이제는 '노랑거인'과 '아카데미'도, 신입생환영회를 했던 '봄여름가을겨울'도 없다. 대신 그 자리에 프랜차이즈 식당과 테이크아웃 카페들이 하나둘 문을 열었다. 종종 학교 앞을 지나갈 때면, 새로운 간판들 사이에서 행거에 걸어둔 오래된 코트처럼 남아 있는 '엄마손분식'을 볼 수 있었다. 그러면 이제는 연락하지 않는 동기들의 얼굴과 시바스대갈 선배가 자주 입었던 노란 셔츠의 체크무늬가 종종 떠오르곤 했다.

시월의 어느 주말. 친구와 학교 근처에서 만날 일이 있었다. 어쩌다 저녁 여덟 시가 넘도록 밥을 먹지 않은 우리는 동시에 배가 고파졌고, 라면이 먹고 싶어 가까운 분식집을 찾아다녔다. 그날따라 어쩐 일인지 가는 곳마다 휴업 중이었고, 자포자기하는 마음으로 집으로 돌아가는 길에 불이 켜진 '엄마손분식'을 지나가게 되었다. 오랜만에 들여다본 유리문 너머로 익숙한 테이블 구조와 텔레비전을 보는 여사장님의 뒷모습이 보였다. 괜히 어색한 마음에 갈까 말까 망설이는데, 친구가 춥고 배고프니 들어가자고 말했다. 정말 오랜만에 열어보는 문이었다. 시간이 늦어서인지 손님은 우리 둘뿐이었다. 그 사이 메뉴판이 조금 달라져 있었지만 가게의 인상을 결정하는 이목구비는 그대로처럼 보였다. '휴지 곽도 안 바뀌었네' 생각하며 혼자 반가움을 느끼고 있을 때, 주문을 받으러 온 남자 사장님의 얼굴을 보았다. 변한 게 거의 없다고 생각했는데 사장님 얼굴에서 지나간 시간이 느껴졌다. 이제 육십이 넘으셨으려나, 곁눈질로 나이를 짐작해보게 됐다. 그의 어깨너머로 주방으로 들어가는 여자 사장님의 흰머리가 보였다. 지금과 다르게 까맣고 풍성했던 단발머리와 폭이 넓은 머리띠로 앞머리를 넘기던 얼굴이 어렴풋이 떠올랐다. 이름도 나이도 모르지만 그들의 10년 전 얼굴을 나는 알았다.

그날 우리가 시킨 메뉴는 떡라면과 돈가스였다. 신기하게도 맛은 그대로라 마주 앉은 친구에게 "예전이랑 맛이 똑같아"라고 조그맣게 말했다. 아마 다른 학교를 졸업한 친구에겐 별 감흥이 없었을 것이다. 음식을 먹는 소리와 텔레비전 소리만 들리는 조용한 밤의 식당. 배부르게 각자의 그릇을 비우고, 계산대로 가 카드를 내밀었을 때 남자 사장님이 말했다.

"500원 깎아줄게."
"네? 저 카드인데요?"

'왜…?'라는 물음에 사장님은 잔잔하게 웃으며 "500원 깎아서 결제했다"라고만 말했다. 건네받은 영수증엔 8천 원의 음식값이 7천 500원으로 계산되어 있었다. "감사합니다." 인사하고 얼떨떨한 마음으로 밖으로 나오자 친구가 말했다. 혹시 사장님이 너를 기억하는 것 아니냐고. 하지만 그럴 확률은 낮았다. 오랜 시간 셀 수 없이 많은 사람들이 이곳에서 밥을 먹고 당연한 일처럼 사라졌을 테니까. 친구와 걷다가도 어느덧 옛 생각에 빠져들며 집으로 걸어가는 길. '엄마손분식'에 자주 갔던 스무 살의 나를 떠올려 봤다. 벚꽃이 피기 전인 캠퍼스의 밤. 얇은 점퍼와 컨버스 하나로 꽃샘추위를 견디던 모습이 가장 먼저 생각났다. 어느 때보다 돈이 없었고, 어디서든 눈에 띄고 싶었지만 그럴수록 나의 촌스러움에 자주 실망하던 스무 살. 그럼에도 그 밤엔 사장님에게 묻고 싶어지기도 했다. 저의 10년 전 얼굴이 기억나시냐고. 그때 나는 어떤 얼굴로 여기에 밥을 먹으러 왔었냐고.

한동안 나는 사람들의 기억 속에서 내가 사라지는 상상을 자주 했다. 아무도 나를 모르는 곳에서 새롭게 시작하고 싶었다. 그런데 이상하지. 저 사람들이 기억하는 나는 왠지 거기 그대로 두고 싶다고. 그렇게 생각하니 나의 다른 시간들도 스르르 괜찮아졌다.

우리는 언제까지나

여섯 살엔 친구를 갖고 싶었다. 정확히 말하자면 친구와 함께 노는 시간을. 네 살 즈음부터 일곱 살이 되기 전까지 울산에 있는 어느 공장에 딸린 집에 살았다. 할아버지는 공장에서 일하고, 할머니는 공장 식당에서 일했으니 일종의 사택 같은 곳이 아니었을까 짐작해본다. 공장은 입구를 나서면 차들이 빠르게 다니는 4차선 도로가, 조금 더 걸어 나가면 논밭이 펼쳐지는 외진 곳에 있었기 때문에 또래 아이들을 만날 수 없었다. 어쩔 수 없이 혼자 노는 것에 익숙해져야 했는데, 어느 날부터는 너무 심심한 나머지 상상 속의 친구를 만들어냈다. 그 친구가 내 앞에 앉아 있는 것처럼 소꿉놀이하며 말을 거는 식이었다. 그러다 하루는 식당 이모들과 믹스커피를 마시고 있는 할머니를 찾아가 친구 집에 놀다 오겠다고 말했다. 물론 상상 속에만 존재하는 집이었다. 거짓말이라는 걸 알았을 텐데 할머니는 무슨 소리냐고 묻는 대신 너그럽게 속아주는 표정으로 잘 놀다 오라고 말했다. 너무 늦지 않게만 집으로 돌아오라고. 속아주는 사람이 있으니 속이는 사람은 더 뻔뻔해질 수 있었다. 알겠다고, 다녀오겠다고 씩씩하게 인사한 다음 혼자 놀던 자리로 돌아갔다. 그러면 어느 날엔 상상만으로 심심함이 덜어졌고, 어느 날엔 더 심심해져 누구라도 같이 놀고 싶은 기분이 되었다.

일곱 살이 돼서 공장을 떠나 주택이 많은 동네로 이사를 갔다. 근처에 김밥집, 문구점, 미용실, 태권도 학원이 있고 육교를 건너면 커다란 은행도 있던 동네. 할머니는 덕이 많다는 뜻을 가진 그 동네에서 작은 슈퍼를 열었다. 여름엔 슬러시를 팔고 겨울엔 어묵을 함께 팔던 슈퍼는 꽤 장사가 잘됐다. 할머니에게 돈 버는 재미를 안겨준 슈퍼 안쪽 방에 세 식구가 함께 살면서 초등학교 3학년 여름방학까지 한 학년에 열 반이 넘는 큰 학교에 다녔다. 그때는 지금보다도 훨씬 내성적이었던 터라 새 학기에 새 친구들을 만나서 친해지는 것이 늘 어려웠다. 반에서는 있는지 없는지도 모르게 조용한 아이였고, 같은 동네 놀이터에서 만난 또래 아이들의 무리에도 부드럽게 끼어들지 못했다. 그래서 한 달에 두어 번 네 살 터울의 사촌 동생이 집으로 놀러 오는 게 너무 좋았다. 걔와 함께라면 내가 조금 더 커진 기분을 느끼며 놀이터로 갈 수 있었다. 나뭇가지로 흙을 뒤져서 콩벌레를 찾거나 낯선 아이들과 정글짐을 오르고 소독차를 따라가는 아이들의 무리에 자연스레 섞여 우와아아아 소리를 지르며 달렸다. 나와 제일 친한 사람이 옆에 있다는 사실이 몸과 마음을 유연하게 해주었다. 해가 지면 동생이 집으로 돌아가는 게 싫어서 고모가 우리를 찾아낼 때까지 정글짐에 숨어 있었다. 동생도 집으로 돌아가면 놀 친구가 없었기 때문에 고모가 우리 둘의 이름을 부를 때도 대답하지 않고 꼼짝없이 옆에 붙어 있었다. 깜깜해질 때까지 계속 숨어 있으면 고모가 동생을 두고 갈 줄 알았지만 그런 일은 일어나지 않았다.

내게도 친구가 생긴 것은 초등학교 3학년, 경주시 산내면으로 이사를 간 이후의 일이다. 여름방학이 끝나고 새로운 학교로 등교를 하던 날, 할머니는 옷장에서 가장 좋은 옷을 꺼내 입혔다. 챙이 넓은 흰색 모자와 주황색 원피스는 쑥스러울 만큼 눈에 띄는 옷이라 낯가림을 더욱 심하게 만드는 효과가 있었다. 한 학년에 한 반뿐인 학교의 교실로 들어서자 전학 오기 전 교실의 절반도 안 되는 숫자의 아이들이 나를 보고 있었다. 빽빽한 얼굴들보단 듬성듬성한 얼굴들이 긴장을 덜어주었던 것 같다. 그럼에도 숨겨지지 않는 떨리는 목소리로 이름을 말하고 앞으로 친하게 지내자는 인사를 했다. 아마 그때는 아이들의 시선에서 벗어나 어느 자리에라도 빨리 앉고 싶었을 것이다.

희진에 대한 기억이 또렷해진 시점은 전학을 오고 난 후 2주 정도 지나서였다. 희진은 반 아이들 중에서도 말을 걸기 어려운 아이에 속했다. 나처럼 다른 도시에서 전학 온 지 얼마 안 되었다는 희진의 첫 느낌은 잘 웃지 않고 말수가 적은, 예쁘고 세련된 아이였다. 친해져야 하는 아이들 수가 적다 보니 도시의 큰 학교에 다닐 때보다는 적응이 쉬웠다. 그렇게 서너 명의 여자아이들과 한 무리로 어울려 다닐 즈음 스쿨버스를 타러 가는 운동장에서 갑작스럽게 놀림을 받았다. 놀린다는 말은 때로 가볍게 느껴지지만, 그 아이들의 놀림은 공격에 가까웠다. 위 학년 남자애 두세 명이 내 주변을 맴돌며 엄마 없는 아이, 할머니와 사는 아이라고 돌림 노래처럼 멜로디를 붙여 놀려댔다. 부끄럽고 화가 났지만 그 아이들에게 아무 말도 하지 못했다. 엄마가 없는 아이, 할머니와 사는 아이라는 말은 해명해야 하는 잘못이 아니라 내 삶이었으므로. 싸우지 않을 거라면 그 아이들의 유치함을 견뎌내는 방법밖에 떠오르지 않았다. 상기된 얼굴로 운동장을 가로질러 빠르게 걸어가는데 가방을 멘 희진이 내 옆으로 뛰어왔다. 혼자 걷는 나에게 이 말을 하려고.

"너 엄마 없어?"

악의 없는 목소리였지만 질문을 하는 이유를 알 수 없어 우물쭈물하며 그렇다고 대답했다. 그렇구나, 고개를 끄덕인 희진은 말했다.

"나는 아빠 없는데. 우리 친구 할래?"

열 살 인생에 들어본 가장 떨리는 말이었다. 아마도 누군가에게 처음으로 반하는 순간이었을 것이다. 그 말을 시작으로 희진과 나는 친구가 되었다. 희진은 우리 집과는 반대 방향으로 스쿨버스를 타고 가야 하는 동네에서 외할머니 외할아버지와 함께 살았다. 그 동네에서도 아이는 희진 하나였고, 어머니는 대구에서 돈을 버느라 주말에만 가끔 희진을 보러 왔다. 희진은 일주일에 두세 번 우리 집으로 함께 갔다. 가끔은 내게 가도 되냐고 묻지도 않고 스쿨버스에 올라탔다. 그건 아주 자연스러운 일 같았다. 함께 가지 못하는 날엔 각자의 집으로 돌아가 긴 통화를 했다. 희진이 집으로 온 날엔 할머니도 같이 밥을 먹는 사람이 늘어 좋아했다. 할머니가 차려준 저녁을 먹고, 거실에 나란히 앉아 텔레비전을 보고, 밤이 깊어지기 전에 다른 아이들에게 전화를 걸고, 안방에 할머니 나 희진이 나란히 누워서 잠을 잤다. 희진은 내가 누구와 사는지, 어떤 '없음'을 받아들이며 사는지 두 눈으로 다 보고서도 나를 부끄럽게 하거나 불편하게 하지 않는 애였다. 내 삶이 내 삶이라는 이유로 외롭거나 슬퍼지고 심심해질 때는 내 옆에서 잠을 자는 희진 쪽으로, 당연하게 내 옆에서 걷고 있는 희진에게로 고개를 돌리면 되었다. 그러면 깜빡 잊고 웃을 수 있었다.

언제나처럼 아무렇지 않게 우리 집으로 놀러 온 밤. 희진은 소곤대는 목소리로 말했다.

"책에서 봤는데 손을 잡고 자면 같은 꿈을 꾼대."

그날 밤 우리는 손을 잡고 잤다. 다음 날 아침 눈을 뜨면 지난밤 꿈을 말하기로 약속을 하고서. 잠들기를 기다리는 동안 마음속으로 생각했다. 얘는 어떻게 이런 말을 할 수 있을까. 여러 면에서 희진은 빛나는 아이였다. 공부도 잘하고, 처음 들어본 외국 작가의 소설을 재미있게 읽고, 그림도 잘 그려서 선생님들의 주목을 받았다. 예쁜 얼굴이라 남자아이들의 호감을 샀고, 그 호감을 느끼면서 호들갑 떨지 않는 아이였다. 임창정 노래의 가사를 슬프다고 말하고 이소은의 노래를 잘 따라부르던 아이. 그런 희진 곁에 있으면 항상 나는 2등이 될 것 같았다. 그런데도, 좋을 것 같았다.

하지만 1년 후, 희진이 대구로 이사를 가게 됐다. 희진이 몇 번 이야기한 적 있는 아저씨와 희진의 어머니가 결혼하게 되면서였다. 전학을 가기 전 마지막 날, 당연한 듯 우리 집으로 함께 온 희진과 해가 질 때까지 오래오래 걸었다. 동생과 정글짐에 숨었던 저녁처럼 이르게 집으로 돌아가지 않기 위해서였다. 우리는 가보지 않은 곳까지 계속 걸었다. 과수원도 지나고, 우물도 지나고, 정미소도 지나고, 주유소도 지나고. 언제까지나 걸을 수 있는 기분이었지만 너무 멀리 가선 안 된다는 것, 아주 늦지 않게 할머니가 있는 집으로 돌아가야 한다는 것 또한 알고 있었다. 말이 없어진 채로 희진과 왔던 길을 되돌아가는 길에 이상하리만치 아름다운 색깔로 노을이 지는 것을 보았다. 그 순간 희진의 잘못이 아니라는 걸 알면서도 희진에게 화가 났다. 슬픔이 몸속에서 자꾸만 높이 뛰어올라서 고개를 숙인 채 희진보다 한걸음 앞서 걸었다. 차라리 멈춰 서서 엉엉 우는 편이 나았을 것이다.

내 눈치를 보며 뒤따라 걷던 희진은 말했다. 앞으로도 우리는 계속 친구가 될 수 있을 거라고. 그 아이의 어른스러움은 지금도 나를 감탄하게 하지만, 그때의 나를 위로해주지는 못했다. 다음날 희진이 어머니의 손을 잡고 학교를 떠나는 날에도 뛰어가서 안아주지 않고 아이들 속에 섞여서 데면데면 굴었다. 후회할 줄 알면서도 그랬다. 그저 교문 밖을 벗어나는 희진을, 내 쪽으로 한번 돌아보는 얼굴을 바라만 보았다. 입을 열면 눈물이 날 것 같아서였다. 그 후 먼저 용기를 내 전화를 걸어온 희진과 중학생이 될 때까지 종종 편지와 전화를 주고받았지만 오래지 않아 자연스럽게 연락이 끊겼다. 희진에게도 내게도 새로운 친구들이 생겨난 것이다. 그렇지만 그 아이는 알고 있을까. 20년이 넘는 시간 동안 희진의 이름을 한 번도 잊은 적이 없다는 사실을.

열 살의 여름. 희진과 아주 가까운 사이가 되었던 것처럼 이후에도 많은 친구를 만나며 살아왔다. 친구와 함께 있을 때는 슬픔과 외로움, 심심함과 두려움이 제 모습을 까먹는 것을 희진이 알려준 덕분이다. 나는 지금도 친구들과 있을 때 가장 큰 소리로 자주 웃는다. 어렵지 않게 얼굴을 볼 수 있는 거리에서 삶의 재미를 깊고 넓게 만들어주는 친구들이 살아가고 있다는 사실이 기쁘다. 내가 모르는 어느 곳에서 부디 자주 웃으며 살길 바라는 희진. 그 아이에게 이제는 나도 이 말을 해줄 수 있다.

네가 그 저녁 속에 남아 있는 한, 우리는 언제까지나 친구야.

입이 궁금한 사람

이른 봄의 주말. 할아버지에게 전화를 걸어 꽃샘추위에 춥진 않으시냐고 물었더니, 추운 건 둘째치고 "요즘엔 자꾸만 입이 궁금하다"는 대답이 돌아왔다. '입이 심심하다'도 아니고 궁금하다는 할아버지. 견과류와 과일 종류를 떠올리며 "간식거리를 좀 사서 보내드릴까요?" 물었더니 할아버지가 말했다.

"달콤한 비스킷을 좀 사서 보내다오."

달콤한 비스킷이라. 할아버지답지 않은 요청이었다. 내

가 아는 할아버지는 달콤한 것도, 비스킷도 좋아하지 않는 사람이었기 때문이다. 어쩐 일이지? 싶어 고개를 갸웃하는데 얼마 전 요양보호사님이 들려준 이야기가 떠올랐다.

"아가씨. 할아버지가 요즘 마음이 허하신가 봐요."

할머니가 병원에 입원한 지 한 달째. 집에서 혼자 보내는 시간이 길어진 할아버지 마음에 허전함을 닮은 허기가 지는 듯했다. 곧바로 인터넷 창을 열어 '비스킷'을 검색했다. 생각보다 다양한 종류의 비스킷을 구경하며 이것저것 장바구니에 담다 보니 결제 창에 5만 원이 넘는 금액이 떴다. 음. 5만 원어치의 과자는 할아버지에게 너무 많으려나. 잠시 고민하다 '과자는 유통기한이 길잖아?' 생각하며 주문 완료 버튼을 눌렀다. 입이 궁금한 할아버지 집에 내일 저녁에라도 택배가 도착하면 좋겠는데, 산간지방이라 배송에 이틀 이상 소요된다는 안내 메시지가 보였다.

며칠 후 할아버지에게 전화가 걸려 왔다. 보내준 비스킷을 종류별로 다 먹어봤는데 대체로 맛이 좋다는 거였다.

식사량이 줄어드는 할아버지에게 과자를 많이 드시게 하는 게 맞나? 아니면 과자라도 드시는 게 나은 걸까? 무엇이 더 좋은 건지 생각이 왔다 갔다 했다. 요양보호사님 말로는 요즘 식사량이 통 없다고 하던데…. 하지만 할아버지 이기는 손녀 없다고, 다른 종류로 더 사서 보낼까요? 물었더니 할아버지가 말했다.

"딸기잼이 든 게 제일로 맛이 좋다. 그걸로 몇 개 더 사서 보내다오."

나도 모르게 웃음이 터졌다. 할아버지는 가족 중 누구보다 취향이 확고한 사람이었고, 까다로운 입맛 때문에 몇 번 웃을 일들이 있었기 때문이다.

갑작스러운 고열과 탈수 증세로 할머니가 응급실에 실려 갔던 날. 구급차를 타고 온 할아버지와 직장에서 부랴부랴 뛰쳐나온 나는 몇 시간 동안 병원 밖 임시 대기실에 앉아 의사의 호출을 기다렸다. 코로나19 전담 병원인 데다 방역 수칙에 따라 보호자들의 병원 출입이 자유롭지 않았기 때문이다. 그날 컨테이너로 만든 대기실 안엔 할아버지와 나 두 사람뿐이었다. 급히 오느라 공복이라는 할아버지를 위해 근처 카페에서 따뜻한 고구마라떼를 사 왔다. 간단히 허기도 달랠 겸 속도 좀 데워지면 좋으니까. 하지만 할아버지는 딱 한 모금만 마신 후 이건 아니라는 듯 바닥에 내려놓았다. 너무 달아서 묵을 수가 없다나. 아니면 커피를 드시겠냐고, 같이 사 온 아메리카노를 드렸더니 그것마저 할아버지 입에 불합격이었다.

"커피는 자판기에 파는 갈색 캔에 든 거. 그게 더 맛이 좋다."

그런 할아버지의 말을 듣고 어떻게 안 사 올 수가 있나. 속으로 조금 성가시다고 생각하면서 자판기를 찾아 할아버지가 말한 브랜드의 캔커피를 사 왔다. 무릎 높이의 작은 난로 앞에 앉아 차가운 캔커피를 한 모금씩 홀짝이던 할아버지의 말이 기억난다.

"봐라. 슈퍼에 가면 이거보다 굵은 병에 파는 게 있거든.

1,500원인가 주면 살 수 있다. 커피 맛이 많이 나서 그게 더 맛이 좋다. 다음에 너는 그걸 사 먹어라."

인생에서 중요한 가르침을 알려주는 사람처럼 진지한 할아버지 목소리가 대기실에 울렸다. '이 상황에서 굳이…' 라는 말이 생각났지만 그냥 웃고 말았다. 그러고 보면 할아버지는 10여 년 전 동네에서 유일하게 원두커피를 내려 마시는 사람이었다. 믹스커피가 유일한 커피인 동네에서 처음으로 커피머신을 구입한 할아버지는 윗집 배 씨 아저씨와 앞집 황 씨 아저씨를 초대해 직접 내린 커피에 꿀을 타서 대접했다. 아메리카노라는 말이 입에 잘 붙지도 않을 때였다. 아저씨들이 커피를 마시는 모습을 바라보는 할아버지 표정에서 이 취향은 '나의 것'이라는 의기양양함이 느껴졌다.

할아버지의 확고한 취향은 자주 나를 성가시게 했지만, 우리 가족이 가진 것 중 내가 가장 좋아하는 구석이기도 했다. 그런 사람이니 내가 자라는 동안 무엇보다 너 좋아하는 걸 하고 살라는 말을 해줄 수 있었을 것이다.

할아버지와 전화를 끊고 인터넷 창을 켜 딸기잼이 든 비스킷을 찾아봤다. 묶음으로 파는 다른 것도 보낼까 하다, 같은 것을 장바구니에 하나 더 넣었다. 무엇보다 딸기잼이 든 게 제일로 맛이 좋으니까. 그런데 문득 궁금해지는 것 하나. 커피에 꿀을 타면 정말 맛이 있으려나?

이 기분을 너에게 알려주고 싶어

오랜만에 느긋한 일요일을 보냈다. 아홉 시에 일어나 이불을 털고, 빨래하고, 〈출발! 비디오 여행〉을 보면서 방을 쓸었다. 근처 카페로 산책하듯 걸어가 밀린 일기를 썼고, 집으로 돌아와 예능 두 편을 연달아 보고 나니 이른 저녁이 되었다. 언제부턴가 조용한 방이 싫어서 휴대전화로 드라마를 틀어놓는데 오늘은 그냥 조용하게 두었다. 휴지 한 장을 펼쳐놓고 손톱을 깎고, 미뤄둔 옷들을 꺼내 다림질을 하고, 건조대에 널어둔 수건을 반듯하게 개는 동안 마음도 따라 평평해졌다. 한동안 이런 작은 생활들을 소홀히 하며 지냈다. 언제나 마음과 생활은 같이 무너지는 것 같다. 그러다 내가 가진 수건 중 가장 오래된 밤색 수건을 갤 때는 K가 떠올랐다.

몇 년 전 서울에서 자취하던 K가 택배로 선물을 보내준 일이 있었다. 궁금한 마음으로 집에 도착해 뜯어본 택배 상자 안엔 도톰한 밤색과 베이지색 수건 네 장이 들어 있었다. 뜻밖의 선물에 웃음이 터진 내게 K는 전화기 너머로 말했다. 10년 가까이 자취를 하면서 수건을 신경 써본 적이 없었는데, 어느 날 가까운 사람이 내게 보내준 브랜드와 같은 수건을 선물해준 적이 있다고. '수건을 선물하는 사람이 다 있네?'라고 생각하며 새 수건으로 얼굴을 닦는데 폭신폭신한 촉감에 기분이 좋아졌고, 평소보다 조금 더 좋은 수건을 쓰는 것만으로도 생활이 나아지는 기분이 들었다고 했다. 너에게도 그 기분을 알려주고 싶었다고.

K처럼 나 역시 자취를 하는 동안 수건을 신경 써 골라본 일이 없었고, 건조대엔 언제나 색깔과 두께가 다른 수건들이 널려 있었다. K가 준 수건을 처음 쓰던 저녁엔 그 애가 알려주고 싶어 했던 기분을 알 것 같았다. 이제야 깨달은

게 아쉬울 정도로 보드라운 촉감에 기분이 좋아졌다. 그 후 몇몇 사람들에게 수건을 선물하는 일이 생겼고, 이렇게 조용한 밤에 수건을 갤 때면 K 생각이 자주 났다. 그러고 보니 K는 처음 자취를 시작하던 나에게 파와 양파를 냉동 보관하는 법도 알려준 애였다.

같은 고등학교를 졸업하고 다른 도시의 대학교로 갔던 K는 1년 후 내가 다니던 학교의 같은 과로 편입을 했다. 2년을 기숙사에서 같이 살았고, 스물넷에 처음 계약한 자취방에서 반년 정도 함께 살았다. 학교 정문과 멀지 않은 다세대주택의 2층 가장 안쪽에 있던 방. 통로에 있는 공용 세탁기를 써야 했고, 문을 열면 앞집에 사는 남자애들이 창문을 열고 담배 피우는 모습을 정면으로 마주치던 곳이었다. 그 방에 처음 짐을 풀었던 날. 쓸고 닦고 잘 자리에 이부자리를 펴는 것까지 끝낸 우리는 저녁밥을 먹기 전 필요한 생활용품 사기 위해 가까운 다이소로 향했다. 좋은 물건을 보는 안목과 경험, 마음에 드는 것을 살 수 있는 돈도 부족하던 때. 저렴하지만 그럴싸해 보이는 그릇과 컵, 러그, 수저 세트를 비닐봉지에 가득 담아 손마디에 자국이 생길 정도로 무겁게 들고 오던 기억이 기분 좋은 날의 장면으로 남아 있다.

그날 우리가 방으로 돌아와 가장 먼저 한 일은 장을 보며 사 온 파 한 단과 양파 여러 알을 씻어 적당한 크기로 자른 다음 락앤락 용기에 나눠 담는 일이었다. K는 자신도 누군가에게 배운 방법이라며 이렇게 해두어야 파와 양파를 오래 먹을 수 있다고 말했다. 사소한 팁이지만 이런 것을 알고 있는 K가 어른처럼 느껴졌다. 그렇게 방 중간에 상을 펴고 나란히 앉아 나는 대파를, K는 양파를 썰기 시작했다. 한 사람은 부엌칼을, 한 사람은 과도를 손에 쥐고서. 보일러를 틀어둔 방은 따끈하고 파와 양파의 매운 냄새가 우리 주변을 떠다녔다. 텔레비전에서는 개그콘서트 재방송이 나오고 있었는데 웃다가도 매워서 눈물이 흘렀고, K가 울고 있는 게 웃겨서 빨개진 눈으로 방바닥을 치며 웃었다. 그렇게 소분해 냉동실에 넣어둔 파와 양파는 주로 K가 라면을 끓일 때 넣어 먹었다. 썰어둔 양이 얼마나 많았던지 몇 달이 넘도록 냉동실 한구석에 남아 있었다.

K와 함께 살던 때는 방송국에 다니고 있던 때라 밤 열한 시가 넘어 퇴근하는 날이 많았다. 막차를 타고 집이 있는 골목으로 들어설 때면 멀리서도 불이 켜져 있는 방이 보였다. K가 먼저 집으로 돌아와 있을 때도 있었고, 그렇지 않더라도 혼자 집으로 돌아올 사람을 위해 K는 불을 켜두고 외출했다. 지금도 어두운 골목길에서 보았던 불빛이 전해준 안심을 기억한다. 6개월이 지나 K는 뉴질랜드로 떠나게 되었고, 혼자 살게 되고부터는 불을 켜고 출근을 하는 일이 많아졌다. 늦은 밤에 집으로 돌아와 냉장고 돌아가는 소리만 들리는 방의 불을 켜는 일이 외롭게 느껴졌기 때문이다. 그 후로 여러 번의 이사를 했고 10년이 흘렀음에도 여전히 마음이 약해지는 날들에는 불을 켜고 나간다.

지금도 요리를 잘 해 먹지는 않지만 냉동실에는 얼려서 소분해둔 파가 있다. 있는지도 까먹고 있다가도 라면을 끓이거나 밥을 볶아먹는 날에는 아주 유용하게 쓰인다. 매번 생각하는 것은 아니지만 K와 울면서 파와 양파를 자르던 날이 떠오를 때는 혼자 소리 내 웃기도 한다. 그리고 아주 작지만, 누군가 알려준 생활이 내게 익숙해져 있는 것을 알아챌 때면 잠시 외로워지기도 따듯해지기도 하는 마음으로 깨닫곤 한다. 나는 결코 나 혼자서 내가 될 수는 없음이라고.

꿈같은 이야기

거의 매일, 꿈을 꾼다. 꿈속에서 나는 자주 도망치고, 이상한 사건에 휘말리고, 익숙하고 낯선 사람들을 만나서 웃거나 운다. 대부분은 몇 가지의 일들이 두서없이 일어나는 꿈이지만, 가끔은 하도 생생해 지난밤 직접 겪은 일처럼 느껴질 때가 있다. 꿈도 삶의 한 부분이란 걸 믿게 되는 순간이다. 그런 날엔 여운이 쉽게 사라지지 않아 '어쩌다 이런 꿈을 꾸었을까?' 친구들에게 물어보곤 했는데, 최근 인상적인 꿈을 몇 번 꾼 이후로는 간절하게 바라는 마음이 꿈으로 나타난다는 말을 믿게 되었다.

하루는 꿈에 할머니가 나왔다. 큰 시장 앞에 있는 횡단보도에서 할머니가 목발 대신 자전거 핸들을 잡고 서 있었다. 두 발로 땅을 딛고 선 할머니의 허리가 곧게 펴져 있었다. 신호가 바뀌고 능숙하게 안장에 올라탄 할머니는 가볍게 페달을 밟아 앞으로 나아갔다. 할머니는 걸을 수도 없는데, 어떻게 자전거를 타지? 생각하다 금세 수긍이 됐다. 이건 꿈이니까. 혹시 넘어질까 봐 할머니 뒤를 따라 뛰어갔다. 걱정과 다르게 앞서가는 할머니는 좁은 길도 사람들을 피해 여유롭게 지나갔다. 마침 날씨도 좋아서 이마에 닿는 햇볕이 따뜻했다. 할머니를 따라 뛰어가던 걸 멈추고 숨을 고르며 앞을 보았다. 바퀴를 굴려 나아가는 할머니 뒷모습이 편안해 보였다. 할머니도 살면서 한 번쯤 자전거를 타보고 싶었을까? 할머니를 부르면 꿈에서 깰까 봐 가만히 지켜보았다. 한 번도 타본 적 없었을 텐데, 자전거를 저렇게나 잘 타다니. 그 모습을 대신 기억해주는 사람처럼 제자리에 서 있었다. 그러다 잠에서 깼다.

그날 저녁 할아버지에게 전화를 걸었다.

"어젯밤 꿈에 할머니가 나왔어요."

그러자 할아버지는 마치 다 알고 있었다는 듯 대답했다.

"요즘 네 할머니가 밤마다 너를 부르거든."

정말인지 얼마 후에 할머니가 또 꿈에 나왔다. 꿈속의 나는 침대에 누워 있는 할머니 팔에 염주를 끼워주고 있었다. 그즈음 할머니를 만나면 주려고 사둔 분홍색 염주였다. "할머니. 심심하고 외로우면 염주를 만져." 내 말에 할머니는 염주를 찬 팔을 들어 올려서 보여주었다. 윤기 없는 팔이 앙상했다. 꿈에서 나는 할머니에게 손가락을 계속 접었다 펴는 연습을 하라고도 말했다. 그래야 손이 굳지 않는다고, 뇌에도 자극이 간다고. 할머니는 안 그래도 매일 하고 있다면서 하나, 둘, 셋, 넷을 세며 손가락을 접었다. 하나씩 접히는 손가락을 보며 마음이 조금씩 편해졌다.

며칠 후 꿈에 다시 나타난 할머니는 거실에 앉아 짐을 싸고 있었다. 뒤에서 서성이는 나에게 할머니는 장롱에 있는 옷을 가져다 달라고 했다. 이제 자신은 어딘가로 가야 한다면서. 짐을 싸는 할머니 얼굴이 홀가분해 보여서 꿈인 줄 알면서도 어디로 가냐고 묻지 못했다. 좋은 곳으로 가는구나, 좋은 곳으로. 다만 할머니의 등을 보면서 혼잣말을 했다. 그렇게 연달아 꿈을 꾼 이후로는 할머니가 나를 부르는 것이 아니라 내가 할머니를 꿈으로 부르는 거라고 생각하게 됐다. 그러니 내가 바라는 모습으로 나타날 수밖에.

몇 달 후엔 다신 얼굴을 보지 않게 된 한 사람이 꿈에 나왔다. 연락을 끊은 지 1년 반이 지났을 때였다. 어딘지 바로 알 수 있는 익숙한 장소에서 그 사람과 내가 서 있었다. '내가 왜 여기에 있지?'라는 생각을 하며 주위를 훑어보는데, 기억 속 창틀 모양과 색깔, 벽지까지 그대로여서 마음이 저릿해졌다. 그 사람은 나를 보며 미안하다고 말했다. 감정 표현을 잘 안 하는 사람인데 꿈속에선 어울리지 않게 "함께 보낸 시간이 행복했다"라고도 했다. 여전히 친했다면 두고두고 지금의 느끼함을 놀리게 될 말이었다. 비록 꿈이었지만 그 사람의 표정이 거짓말이 아니라는 걸 알았다. 용서하지 않을 거라 생각한 적도 있었는데, 이제 와 무엇을 용서해야 하는지도 헷갈렸다. 어떤 이유로든 우리는 서로를 웃겨주던 사이로 돌아갈 수 없을 것이다. 대신 눈을 떴을 땐 '이만하면 됐다'는 생각이 들었다. 이제부터는 정말로, 돌아보지 말자고. 쓸쓸함이 가벼운 이불처럼 느껴졌다. 몸을 일으켜 이불을 개며 생각했다. 그 사람도 나에게 듣고 싶은 말이 있을까. 그렇다면 한 번쯤은 그 사람이 바라는 나의 모습으로, 되도록 느끼하지 않게 나타나고 싶다. 그렇게 꿈에서 깬 다음부터는 서로 마음 편히 살아갔으면. 그것만이 지금 우리가 가질 수 있는 유일한 회복일 테니까.

—

이 글을 쓰고 몇 달 후 현의 꿈에 그 사람이 나왔다. 내 꿈이 아니라 애인의 꿈에 나왔다는 것이 의아했지만, 더 의아한 건 두 사람이 꿈속에서 만난 장소였다. 그들이 만난 곳은 두 사람 다 좋아하지 않는 놀이공원이었다. 현은 왜인지 혼자 롤러코스터를 타기 위해 줄을 서서 기다리고 있었는데 뒤를 돌아보니 그 사람이 서 있었다고 했다. 마지막으로 봤을 때보다 나이도 들고 살도 조금 찐 모습으로. 오랜만에 인사를 나눈 두 사람은 같은 칸에 나란히 앉았다. 두 사람 앞으로 안전 바가 내려오고 서서히 롤러코스터가 움직이기 시작할 때, 현은 문득 그에게 내가 잘 지내고 있다는 말을 하고 싶었다고 했다. 어쩐지 꼭 그 말을 해야 할 것 같은 기분에 사로잡혔다고.

"그래서 말했어?"
"사실…, 다음이 잘 기억이 안 나."

꿈에서 깨어난 현은 다른 장면들은 생생하게 기억나는 반면 이상하게도 마지막이 어떻게 끝이 났는지 기억이 나지 않는다고 했다. 그 말을 하고 싶다는 생각만 하고 말았는지, 그 말을 전하고 나서 자신의 마음도 한결 편안해졌는지. 다시 지난밤으로 돌아가지 않는 한 결말을 알 수 없는 우리는 어쩜 그런 꿈을 꾸었는지 의아해하며 웃다가 '이건 정말 꿈같은 이야기'라는 말을 나눴다. 그리고 떠오르는 다음 문장은 현에게 바로 말하지 않고 내 몫으로 남겨두었다.

그러게. 이건 정말 꿈같은 이야기야.
그리고 가끔은 이런 꿈같은 이야기가 우리를 살게 하지.

떠 오 르 는
얼 굴 들

03

"그러니 부디 잘 살았으면 해.
어디서든, 무엇을 하든."

눈은 펑펑 내리고

두꺼운 양말을 신고도 발끝이 시리던 일월의 밤이었다. 아홉 시가 넘은 시간에 서울에 사는 친구에게서 첫눈이 내린다는 전화를 받았다. 휴대전화 너머로 아이처럼 신이 난 친구의 목소리와 뽀드득 눈 밟는 소리가 들렸다. 혹시나 해서 창문을 열어보았지만 바깥은 그저 춥고 잠잠한 밤일뿐. 소파에 기대 친구의 목소리를 들으면서 눈을 밟아본 적이 언제였는지 생각해보았다. 어릴 적 살던 동네에는 겨울에 한두 번은 꼭 발목까지 푹푹 빠질 만큼 많은 눈이 내렸다. 밤새 눈이 내린 다음 날 새벽엔 부지런한 할아버지가 동네에서 버스가 다니는 큰길까지 비질하던 기억도 있고, 마당에서 눈을 굴려 눈사람을 만들고 있으면 할아버지가 눈썹으로 쓰라고 숯을 조각내 건네준 기억도 있다. 하지만 창원에서 살게 된 스무 살부터는 함박눈을 보는 일이 아주 드문 이벤트가 되었다. 눈이 오더라도 싸락눈으로 잠시 다녀가거나 진눈깨비로 내리는 경우가 다반사. 친구와 전화를 끊고 트위터를 켜봤더니 피드 곳곳에 눈 내리는 영상들이 보였다. 천진난만함과 걱정, 부러움이 섞인 메시지들. 그중엔 모르는 이가 짧은 영상과 함께 "오늘 밤엔 눈이 펑펑 내리네요"라고 남긴 게시물이 있었다. 칠 초 분량의 영상 속엔 가로등 불빛이 노랗게 퍼진 주택가 골목으로 함박눈이 펑펑 내리고 있었다. 펑-펑. 어쩐지 소리 내서 읽어보게 되는 '펑-펑'이라는 말이 잊고 있었던 10년 전의 밤을 데리고 왔다.

스물넷의 늦가을. 아르바이트를 하던 영상 제작 회사에서 한 남자애를 알게 되었다. 나는 작가팀의 막내, 동갑인 그 애는 촬영팀 막내였다. 회사 규모가 꽤 큰 편이어서 일을 시작한 지 한 달 정도가 지났을 때 스튜디오 촬영 현장에서 처음 그 애를 보았다. 메인 촬영 감독의 카메라 라인을 정리하던 그 애는 나보다 조금 큰 키에 피부가 하얗고 자기 몸보다 커다란 카키색 야상 점퍼를 입고 있었다. 멀리서 봐도 점퍼가 잘 어울렸고, 처음엔 단지 그 생각만 하고 말 줄 알았다. 현장 구석에 쪼그려 앉아 출연자들의 생수병을 챙기는데 머리 위에서 예상치 못한 목소리가 들렸다. "같은 신발이네요?" 고개를 들어보니 팔에 케이블을 돌돌 말고 있는 그 애가 서 있었다. 우리가 신고 있던 운동화는 흔한 빨간색 뉴발란스 574. 멀리서 보고 신기해서 말을 걸어봤다는 그 애의 웃는 얼굴이 좋았다. 사실 그날은 뉴발란스 운동화를 처음 신고 간 날이었다. 평소 신던 사이즈가 품절이라 한 치수 작은 것을 산 탓에 두 번째 발가락이 아프다고 생각하고 있었는데. 그랬는데, 그럼에도 출근을 하는 날엔 끈을 느슨하게 묶어, 되도록 그 운동화를 신고 갔다. 그렇게 걔를 좋아하게 되었다.

두어 번 술자리를 같이하고 하루에 스무 통 넘게 문자를 주고받을 즈음. 계절은 십이월에 접어들었고 같이 일하는 사람들 몇몇이 알아챌 만큼 나는 걔와의 가능성에 빠져 있었다. 서운하게도 주변 사람들은 모두 그 애와의 연애를 반대했다. 소문을 들어봐도 그렇고, 마음이 가벼워 보인다는 거였다. 그런 걔가 나는 하필이면 귀여웠다. 지금도 나는 그 사람이 귀여워 보이면 끝장이라는 생각을 하고 있다. 너를 정말 좋아하면 너를 헷갈리게 하지 않는다는 말을 들을 때는 역시 그만둬야겠지? 생각하다가도, 걔의 문자가 오면 좋아해서 망해봤자 뭘 얼마나 망하겠어라는 생각에 마음 전체가 와르르 기울었다. 그때 내가 믿고 싶은 건 그 애의 마음뿐이었다. 나를 좋아하는 것 같기도, 아닌 것 같기도 한 불확실하고 치사한 마음만이. 그리고 필요했다. 걔와 나의 연애를 확정 지을 수 있는 결정적인 타이밍이.

마침 친하게 지내던 언니가 단편 영화를 찍어보지 않겠냐는 제안을 했다. 스마트폰으로 육십 초 분량의 영화를 찍어서 출품하는 공모전을 함께 해보자는 거였다. 영화를 만드는 일도 솔깃했지만 촬영팀에서 일하는 그 애와 어떤 가능성을 만들 수 있을 거란 예감이 들었다. 좋아하는 마음을 최대한 숨겨 몇 시간을 고민해 보낸 문자에 그 애는 큰 고민 없이 좋다는 답장을 보냈다. 마음이 들떠서 웃음이 숨겨지지 않았다. 곧바로 언니에게 전화를 걸어 빠르게 촬영 일정을 잡았다. 일주일 후 금요일 저녁부터 토요일까지 1박 2일의 일정. 장소는 창원에서 차로 한 시간 떨어진 작은 도시였다. 금요일만을 기다리며 하루하루를 보내는 중에 하필이면 당일에 전국적으로 눈이 내린다는 예보가 들렸다. 평소엔 잘만 어긋나더니 출발하기로 한 금요일 저녁이 되자 쉽게 그칠 것 같지 않은 눈이 내리기 시작했다. "오늘 갈 수 있는 거야?"라고 묻는 걔의 문자에 쉽게 대답할 수가 없었다. 나는 오늘 밤 꼭 가야겠는데. 얘랑 같이 가야겠는데. 답장을 망설이는 사이 언니에게서 전화가 왔다. 도로에 눈이 쌓이기 전에 얼른 가보자고. 덕분에 언니 친구가 운전하는 차 뒷좌석에 그 애와 나란히 앉을 수 있었다.

다행히 출발하고 나니 눈발이 조금씩 약해졌다. 이 정도면 어렵지 않게 가겠다고 안심하며 숙소가 있는 도시에 들어서고 나서였다. 도착 십 분을 남겨두고 눈발이 점점 굵어지더니 말 그대로 펑-펑 눈이 내리기 시작했다. 산속에 있는 숙소로 가는 2차선 도로엔 가로등도 드문드문 켜져 있고, 다니는 차도 없어 도로 위로 눈이 빠르게 쌓여갔다. 눈이 잦아들 기미가 보이지 않자 결국 우리는 갓길에 차를 세우기로 했다. 일단 그칠 때까지 기다려보자. 아니면 도로 위에서 자는 거야. 운전대를 잡은 언니 친구의 말에 다들 웃으면서 고개를 끄덕였다. 마치 재미있는 해프닝이라도 생긴 것처럼, 그때는 어떻게 그런 무모함이 쉬웠을까. 언니와 친구는 차 문을 열고 나가 눈을 맞기 시작했다. 깜깜한 밤 헤드라이트 빛이 조명처럼 두 사람을 비췄다. 히터가 틀어진 차 안에서 창문에 이마를 대고 바깥을 지켜보았다. 이러다 정말 그치지 않으면 어떡하지?라는 생각에 조금 무섭다는 생각이 들 즈음, 그 애가 무엇을 보느냐고 내 쪽으로 몸을 숙였다. 조금 전까지 내가 무엇을 보고 있었는지도 모르게 왼쪽 팔에 닿은 걔의 오른쪽 팔만이 신경이 쓰였다. 차창에서 느껴지는 서늘함. 언니와 친구가 까르르 웃는 소리. 그 애의 향수 냄새. 좋아하는 마음이 무서운 마음과 비슷하다는 생각을 하면서 "살다가 이런 눈을 다시 볼 수 있을까?" 그런 말을 했던 것 같다.

십 분 정도가 지나자 신기하게도 눈발이 잦아졌다. 엉금엉금 기어가듯 운전을 해서 숙소에 도착하니 밤 열 시였다. 보일러 온기에 몸이 녹으면서 급격히 피곤해졌고, 그럼에도 술을 마시면서 콘티를 짜다 보니 금세 취기가 올랐다. 덜 짠 콘티는 아침에 일찍 일어나서 하자며 잠이 들었지만 결국 다음 날 모두 늦잠을 잤다. 아침에 일어나니 허무할 만큼 밤새 내리던 눈은 그쳐 있었다. 영화를 만들어 보자며 눈길을 달려온 일이 무색하게 모두 지난밤의 피로와 숙취로 모든 게 귀찮아졌고, 그냥 해장이나 하고 집으로 돌아가자며 빠른 체념을 했다. 그런 식으로 낭비해도 되는 시간이 넉넉할 때였다. 느지막이 숙소에서 나와 도시의 오래된 유적지에 들러 사진 몇 장을 남기고 집으로 돌아왔다. 영화는 한 컷도 찍지 않았지만 우리 사이엔 작은 무엇이라도 남을 줄 알았는데, 한 달이 지나도록 그 애와의 사이도 큰 진전이 없었다. 여전히 나를 좋아하는 듯 마는 듯했고, 얼마 후 너와의 관계를 확실히 하고 싶다는 내 고백에 그 애가 한 발짝 빼는 방법으로 우리 사이는 정리가 됐다. 그 애는 이제부터는 친한 친구로 지내자며 손을 내밀었지만 더 좋아한 쪽이 의연하기는 어려웠다. 며칠 동안 주량보다 더 많은 술을 마시고 밤늦게 집으로 돌아갔고, 다음 날 술이 덜 깬 채로 출근했다. 밤이면 휴대전화를 꺼놨다가 혹시나 하는 마음으로 휴대전화를 켜보며 결국

망했다는 기분이 들지 않는 데까지는 삼 개월이 걸렸다. 겨울의 마음이 봄이 되어서야 끝이 났다. 말 그대로 스르르 눈이 녹듯이.

그리고 8년이 지난 서른둘의 겨울. 연인인 현이 운전하는 차 조수석에 앉아 다시 한번 펑-펑 내리는 눈을 본 적이 있다. 짧은 겨울방학을 보내는 셈 치고 3박 4일 일정으로 제주에 머물던 때였다. 사려니숲에 다녀오기로 한 둘째 날 아침. 눈을 뜨니 창밖으로 눈발이 흩날리고 있었다. 바람도 많이 불어 쌓이기도 전에 날아가 버리는 눈이었다. 금방 그치겠지 싶어 현과 이른 점심을 먹고 숲으로 향했다. 지도를 검색하니 숙소에서 숲까지는 차로 사십 분. 지루해지기 전에 도착할 만한 거리였다. 그즈음 현이 좋아하는 밴드의 내한 공연이 얼마 남지 않았던 때라 숲으로 가는 차 안에서 그 밴드의 노래를 반복해서 들었다. 모과이Mogwai라는 미국 포스트 록밴드의 〈take me somewhere nice(나를 좋은 곳으로 데려가 줘)〉라는 곡이었다. 가사가 많지 않은 칠 분 분량의 연주곡이라 긴 생각에 빠지기 좋았다. 밝은 느낌의 곡은 아니지만 듣고 있으면 지금 이 시간을 낙관하게 만드는 힘이 있었다. 가는 중에 눈이 그칠 줄 알았는데, 숲에 다 와 갈수록 함박눈에 가까운 눈이 내렸다. 걱정되면서도 창밖 풍경에 마음이 붙잡혔다. 눈은 아무렴 계속 바라보게 하는 성질이 있다. 오직 지금뿐이라는 생각을 하게 만드는 힘이. 결국 제주도 전역에 폭설주의보가 내려졌고, 숲으로 들어가는 길이 전면 통제되는 바람에 입구 근처까지 갔다가 다시 돌아가야 했다. 가는 길은 걱정됐지만 보기 드문 눈을 보아서 그런가. 이것만으로 여행이 충분하게 느껴졌다. 돌아가는 길엔 세상이 빠르게 하얘지는 시간을 아주 느리게 통과했다. 다행히 숲 근처를 벗어나자 서서히 눈발이 약해졌고 오래지 않아 그칠 것이라는 예보가 들어맞는 듯했다.

그날 차 안에서 집중하느라 미간을 약간 찌푸린 채로 운전을 하는 현의 오른쪽 얼굴을 쳐다보았다. 익숙하고 다정한 얼굴. 아마도 현과 사는 동안 여러 번 펑-펑 눈이 내리는 장면을 다시 보게 될 것이다. 크고 작은 목소리로 감탄하기도, 조심하기도 하면서. 보고 싶었던 사려니숲은 보지 못했지만 우리는 함께 좋은 곳으로 가고 있어. 그것을 믿는데 어렵지 않았다.

우리가 그린 원

토요일엔 알람이 없어도 이른 아침에 눈이 떠진다. 휴대전화로 시간을 확인하곤 몸을 동그랗게 말아 누운 자세로 생각한다. 아. 정말 이렇게 마음이 편할 수 있다니. 평일과 다르게 뒤척이는 시간 없이 침대에서 일어나 창문을 활짝 연다. 발바닥까지 가벼운 기분을 느끼며 잠시 서 있으면 꼭 내 몸이 화분이 된 것 같다. 팔월의 끝에 접어든 요즘엔 이른 가을장마로 며칠 내내 비가 내렸다. 일기 예보로 확인한 오늘 날씨는 오전에 흐렸다가 오후부터 차차 갬. 우산을 쓰고 외출하지 않는 것만으로도 괜찮은 날이다. 바람이라도 맞을 수 있게 창틀에 화분 여러 개를 나란히 올려놓은 다음 몸을 움직여본다. 밀린 설거지와 일주일 치의 빨래, 방바닥 쓸고 닦기 정도의 청소, 러그와 이불 털기. 중간중간 까먹은 공과금 내기. 놓친 텔레비전 프로그램을 틀어놓은 채 씻고 밥 먹기. 그러다 보면 시간은 얼추 열 시 삼십 분이 된다. 다행히도 아직은 휴일이 넉넉하게 남아 있는 시간. 편한 외출복을 입고 가방에 노트북과 읽을 책을 챙겨서 집을 나선다. 느지막이 걸어서 이십 분 거리에 있는 단골 카페에 가기 위해서다. 특별한 일정이 없는 나의 휴일은 대부분 이렇게 시작된다.

자주 가는 카페임에도 문을 열고 주문대로 걸어갈 때까지는 언제나 조금씩 긴장 상태다. 버스에서 버저를 누를 때마다 귀가 빨개지던 고등학생 때를 생각하면 그래도 많이 나아진 것이다. 커피도 디카페인이 필요한 날이 아니면 언제나 같은 것을 시킨다. 휴일 오전마다 나타나는 나에게 주인이 먼저 "아이스 아메리카노, 고소한 원두로 맞으시죠?"라고 물어볼 때가 있는데 그럴 때면 조금 멋쩍어진다. 이 카페를 좋아하는 이유는 가로가 긴 'ㄴ'자 바 테이블 때문이다. ㄴ은이 시작되는 안쪽 자리에 앉으면 구석진 곳에서 책 네 개를 붙여놓은 크기의 창문을 차지할 수 있다. 나 말고도 아는 사람이 또 있겠지, 이 자리에 앉는 기쁨을. 주문한 커피를 기다리며 노트북을 펼치면 이제야 나의 자리로 돌아왔다는 기분이 든다. 김애란 작가의 단편집《비행운》에 수록된〈그곳에 밤, 여기의 노래〉에는 택시 기사인 용대가 조선족 아내 명화의 목소리로 녹음된 중국어 회화 테이프를 듣는 장면이 나온다. 명화가 암으로 죽기 전 그에게 남겨둔 유일한 목소리이다. 그중 가장 기억에 남는 명화의 말은 이것이었다. "워 더 쭈어웨이 짜이날?" "제 자리는 어디입니까?" 나는 언제나 노트북 앞에 앉아 글을 쓰는 자리가 나의 자리이기를 바란다.

언젠가 낯선 동네를 산책하던 중에 친구가 물었다. 산책하다 갈림길을 만나면 매일 가던 길로 가는지, 아니면 새로운 길을 선택하는지. 웬만하면 익숙한 길을 벗어나지 않는 나는 친구에게 어떤 편이냐고 물었다. 친구는 망설임 없이 새로운 길을 선택한다고 말했고, 속으로 조금 놀랐다. 새로운 길로 갔다가 길을 잃어버리면 어쩌나 싶어서. 아마도 그 친구에겐 내가 잘 모르는 종류의 기쁨이 있을 것이다. 매번 비슷한 길을 걷는 내가 누리는 즐거움이 따로 있듯이. 가까운 사람이라면 누구나 짐작 가능한 나의 동선을 차근차근 걸으며 이런 생각을 한 적이 있다. 제자리에서 양팔을 벌린 크기만큼의 원. 그 원 안에서 나는 매일의 삶을 살고 있는 것 같다고.

카페에서 작업을 끝낸 늦은 오후부터는 대부분 현과 시간을 보낸다. 비슷한 점이 많은 우리는 언제나 몇 개의 선택지 안에서 다음 일정을 고른다. 다음 메뉴를 이미 꿰고 있는 코스 요리를 먹는 사람들처럼. 카페를 가거나 산책을 하고 종종 쇼핑하러 다녀온 후 여섯 시쯤엔 저녁을 먹으면서 좋아하는 예능 프로그램을 함께 본다. 그러다 높은 확률로 한 사람이 까무룩 잠이 드는 것도 익숙한 일. 물론 비슷한 일상이 비슷하게 이어지는 날들이 하품이 날 정도로 지루하게 느껴질 때도 있다. 그럼에도 금세 제자리를 찾게 되는 건 예상치 못한 곳에서 만나게 될 불확실한 즐거움보다 익숙한 자리로 종종 찾아오는 심심함을 견디는 게 더 편하기 때문이다. 현과 내가 두 팔 벌려 만든 원은 긴 시간에 걸쳐 아주 조금씩 넓어질 것이다.

이번 여름엔 현과 저녁을 먹고 드라이브를 하는 대신 밤 산책을 자주 나갔다. 내가 사는 동네엔 집에서 걸어 나와 횡단보도 하나만 건너면 하천을 옆에 두고 걸을 수 있는 산책로가 있다. 얼마 전 수달이 서식하고 있다는 뉴스를 본 이후로 더 좋아진 곳이다. 여덟 시쯤 반팔에 반바지 차림으로 어슬렁 걸어가면 아직 저녁이 남은 하늘을 볼 수 있었다. 그 시간에 불어오는 순한 바람을 맞으면 오늘 하루도 무사히 지나가고 있음이 느껴진다. 산책로에는 현과 나 말고도 지금이 걷기 좋은 밤이라는 걸 아는 사람들이 많이 나와 있었다. 같은 동네에 살고 있지만 한 번도 이야기해보지 않은 사람들, 앞으로도 모를 사람들을 보고 있으면 모두 이렇게 살아가고 있다는 사실이 안도가 된다. 자전거를 타고 지나가는 사람. 바위에 앉아 부채질을 하는 사람. 강아지와 산책 나온 사람. 땀을 흘리면서 뛰는 사람. 징검다리를 걷는 아이를 지켜봐 주는 사람. 그 길을 현과 손을 잡고 느긋하게 걷는다.

현의 손은 여름에도 겨울에도 언제나 나보다 차가운 편이다. 우리는 한겨울에 연애를 시작했는데 길을 걷다 처음 잡은 현의 손이 눈처럼 차가워서 놀랐던 기억이 있다. 잡은 두 손을 주머니에 넣고 걸으면 현의 손이 차츰 미지근해졌고 서서히 미지근해지는 온도가 나를 안심시켰다. 7년이 넘는 시간 동안 변함없이 나보다 보드랍고 차가운 손. 여전히 나를 안심시키는 손. 현의 손을 잡고 걷다 보면 사는 게 무섭지 않게 느껴진다.

산책로는 출발지에서 십오 분 정도를 걸으면 아파트 단지 앞에서 끝이 난다. 한번은 바로 돌아가지 않고 가까운 편의점 앞 테이블에 앉아 아이스크림을 사 먹은 날이 있었다. 집으로 가기 위해 산책로에 다시 들어섰을 때 어느새 저녁은 밤 속으로 사라지고, 일정한 간격으로 이어진 가로등 불빛과 함께 저 멀리 우리가 출발한 곳이 보였다. 조금 전까지 아이스크림을 쥐고 있어서 서늘해진 내 손을 현이 더 서늘한 손으로 잡으며 말했다.

자. 이제 다시 가볼까.

그 밤엔 왜인지 현의 말이 영화의 후반부에 이르러 주인

공이 하는 가장 중요한 대사처럼 들렸다. 그래. 이제는 현의 손을 잡고 어슬렁 다시 걸어가는 일만 남았지. 그리고 각자의 집으로 돌아가 우리는 늦지 않은 시간에 잠이 들 것이다. 때로는 잘 자라는 말을 하는 것도 서로 잊어버린 채로. 앞으로 내 인생이 어떻게 흘러갈지 알 수 없지만, 다음 휴일에 내가 현과 어떤 하루를 보낼지는 알 수 있다. 고민할 것은 저녁 메뉴와 텔레비전 프로그램뿐.

휴일이 반으로 줄어든 토요일 밤. 약간의 초조함을 느끼며 다가오는 내일이 오늘과 비슷한 하루가 되기를 바라며 눈을 감는다. 우리가 두 팔 벌려 만든 겨우 이 정도의 원. 우리가 그린 원이 나는 마음에 드니까.

서로에게 믿는 구석

몇 해 전, 함께 글을 쓰는 동료에게서 5년 일기장을 선물 받았다. 한 페이지에 5년의 하루를 적을 수 있는 일기장인데, 첫 번째 칸에는 2020년 10월 1일의 하루를 적고 두 번째 칸에는 2021년 10월 1일의 하루를 적는 식이다. 그렇게 다섯 바퀴를 돌아오면 5년 동안의 하루가 한 페이지에 남게 된다. 매일 한 줄이라도 적어두기만 한다면 5년의 하루를 잊어버리지 않게 되는 것이다. 덕분에 매일 일기 쓰는 일에 곧잘 실패하는 나도 몇 년 후의 나를 놀라게 해준다는 마음으로 무엇이라도 적게 되었다. 일종의 공조랄까. 그러다 어느 밤엔 갑작스레 궁금해져 몇 달 동안 쓴 일기를 다시 읽어봤는데, 그중 몇몇 일기들이 재밌어서 혼자 웃었다.

2020년 12월 4일

숨 언니가 집 정리와 이삿짐 옮기는 일을 도와줬다. 끝없이 채워지는 쓰레기봉투를 보고서 언니는 말했다. 너에 대한 환상이 모두 사라지는 것 같다고.

2020년 12월 22일

현에게 장난으로 내가 너에게 어떤 의미인지 다섯 글자로 말해보라고 했다. 현은 잠시 고민하더니 "베스트 친구"라고 대답했다. 장난으로 "그럼 내가 사라지면 어떡할래?"라고 물었더니 현이 말했다. "평생 친구 없이 살아가는 거지 뭐."

2020년 11월 27일

수진이랑 은지 집에 놀러 가서 같이 쇼미더머니를 봤다. 응원하는 참가자들과 비슷한 옷을 차려입고서 사진을 찍었다. 이날 찍은 사진이 귀여우니 이 일기를 다시 보는 날엔 사진을 찾아볼 것.

11월 27일의 일기를 쓰던 밤엔 1년 뒤의 11월 27일에 '야 이것 봐라!' 하고 친구들에게 자랑할 마음에 신나서 적었던 기억이 난다. 분명히 재미있겠지? 그렇게 생각하니 5년 일기장을 쓰기 시작한 2020년 10월 이전의 빈 페이지들이 아깝게 느껴졌다. 일기를 쓰지 않았던 2020년 이전의 무수한 시간들도. 2021년 1월 6일에 적은 '첫눈이 오는 날 친구에게서 전화가 걸려 왔다'라는 일기처럼, 적어두었기 때문에 애틋해지는 일들이 분명히 있었을 텐데. 기록으로 남지 않은 날들은 대부분 사라져버리고, 몇 가지 장면과 기분으로만 남게 될 것이다. 그러다 문득 친구 D가 몇 년 전부터 만들어 온 브이로그 영상들이 떠올랐다. '단도리비디오'라는 이름의 채널에 차곡차곡 쌓여 있는 D의 영상 일기들. 그 속엔 내가 남겨두지 않은 지난날의 내가 살아서 움직이고 있다.

몇 년 전 D가 브이로그를 시작한다는 말을 했을 땐 사실 큰 관심이 없었다. 브이로그가 뭔지도 잘 몰랐고, 그저 영상을 잘 만드는 D의 새로운 취미 정도로 생각했다. 그즈음 D는 한 달 동안 태국과 베트남, 캄보디아로 여행을 다녀왔고, 한국으로 돌아와 자신의 여행기를 담은 브이로그를 처음으로 유튜브에 올렸다. D의 시선과 내레이션이 담긴 오 분 남짓한 영상엔 내가 안다고 생각하는 D의 얼굴과 내가 잘 모르는 D의 시간이 담겨 있었다. '얘는 여기서 이런 걸 봤구나, 이런 걸 먹었구나, 이런 생각을 했구나, 거기서도 이 노래를 떠올렸구나'라는 마음으로 지켜보는 동안 D가 익숙하고도 먼 사람으로 느껴졌고, 여전히 내가 모르는 D가 많다는 사실이 걔를 더 좋아하도록 만들기도 했다. 그리고 몇 편의 영상을 연달아 보고 나서야 브이로그는 영상으로 쓰는 일기라는 D의 말을 이해할 수 있었다.

그 후로 D는 수시로 카메라를 켜서 자신의 삶에서 일어나는 작고 큰 하루들을 기록한다. 영상 속 D는 능숙하게 식재료를 손질해 혼자 먹을 저녁밥을 짓고, 어딘가로 떠나가는 차 안에서 긴 생각에 잠긴다. 시끄러운 술자리에서 사람들과 실컷 떠들고, 혼자 혹은 둘이서 털레털레 집으로 돌아간다. 어둑한 방에서 기타를 치면서 노래를 부르고, 밝은 곳에서 누군가의 이야기를 들으며 고개를 끄덕이기도 한다. D와 같은 직장에 다니는 친구로 지낸 지 9년째.

퇴근 후와 주말에도 같이 붙어 있는 시간이 많다 보니 자연스럽게 D의 카메라에 찍히는 일이 많이 생겼다. 인심이 좋은 D는 그동안 제법 많은 분량으로 나를 걔의 영상에 등장시켜주었다.

가끔 심심할 때마다 D의 유튜브 채널에 들어가 내가 나오는 부분만 다시 돌려본다. 어느 해 여름 마라탕에 빠져 부지런히 먹으러 다니던 나. 친구 S의 차를 타고 드라이브를 가는 길에 뒷좌석에 앉아 1990년대 노래를 따라 부르는 나. 처음 가본 방콕의 공연장에서 방탄소년단 콘서트 시작을 기다리며 상기된 얼굴로 무대를 바라보고 있는 나. 오랜만에 단골 치킨집에 들러 친구들과 맥주를 마시는 나. 한동안 내가 자주 입었던 옷과 자주 했던 말장난. 눈빛과 표정들이 사라지지 않고 영상에 남아 있다.

그중 가장 자주 돌려보는 장면이 있는데 하나는 2018년 사월, 회사 점심시간에 로또를 사러 가는 D와 내가 나오는 부분이다. 둘 다 검은색 후드 티를 입고선 꽤 진지한 표정으로 로또에 당첨되면 무슨 일을 할 건지에 대해 이야기를 하며 걷고 있다. 먼저 가족들 빚 갚아주고, 남은 돈으로 집 하나 사고, 친구들 좀 나눠주고, 하고 싶은 가게 하나 차리고…. 늘 비슷한 대답을 하게 되면서, 왜 매번 처음 생각하는 것처럼 진지해지는 걸까? 로또를 사서 회사로 돌아가는 길엔 지난밤 꿈에 좋아하는 연예인이 나왔다는 이야기를 하면서, 맥락 없는 말장난으로 서로를 웃겨주는 D와 내가 있다. 물론 그날도 로또는 꽝이었다.

하나는 2019년 시월 속초 영랑호에 S와 D와 나란히 앉아 해 지는 하늘을 바라보는 장면이다. 함께 좋아하는 노래를 들으면서 갑작스레 소란스러워졌다가 어느새 깃든 조용함을 평온한 얼굴로 누리면서 앉아 있다. 만약 내가 살아온 시간을 처음부터 펼쳐본다면, 내가 돌려보는 저 장면들은 크게 눈에 띄지 않는 날들일 것이다. 영화로 치자면 주인공들의 서사에 큰 영향을 주진 않지만 감독의 입장에선 잘라내기 아까운 몇 초의 컷들. 나에게는 이 장면들이 그렇다.

어느 날 S가 "우리의 한 시절을 영상으로 남겨줘서 고맙다"라고 D에게 말한 적 있다. 옆에서 듣던 나도 아차 싶어서 S를 따라 고맙다고 말했다. 그런데 집으로 돌아와 생각해보니 정말로 고마운 일인 거다. 언젠가 D는 시간을 들여 브이로그를 만드는 이유에 대해 이렇게 말한 적 있다. 나중의 우리가 같이 보면서 웃으려고 남겨두는 거라고. 그러니까 D는 내 시간의 일부를 대신 기억해주는 사람, 내 삶에서 믿는 구석이다.

그렇다면 나도 얼마쯤은 D에게 믿는 구석이 되어줘야 할 것이다. 함께 시간을 보낸다는 건 서로의 증인이 되는 일일 텐데, D가 못 보는 걔 모습을 나도 기억해줘야 나이가 들었을 때 나도 좀 할 말이 생길 테니까. 그런데 기억이 어떻게 영상을 이길 수 있을까? 생각해본다. 긴 시간 D를 보며 느꼈던 복잡하고 단순한 우정. 카메라를 켜지 않은 곳에서 D가 했던 많은 말들. 편애하는 마음을 담아 D가 어떤 사람이고 나에게 어떤 의미였는지 까먹지 않게 글로 적어두는 일. 그럼 얼추 비슷하게 서로에게 고마운 일이 되지 않을까.

이 글을 쓰는데 마침 D가 옆에 앉아 있다. 휴대전화 카메라를 셀카 모드로 켜놓고 브이로그를 편집하는 D. 동영상 촬영 중인 휴대전화 화면엔 일 초, 이 초…, 흐르면서 쌓이는 시간이 표시되고 있다. 아이패드 화면을 흘깃 보니 얼마 전 문을 연 스지 전문 가게에서 맥주를 마시는 나와 D가 보여서 기분이 좋다. D가 왜? 하는 표정으로 내 쪽을 바라본다. '사실 너에 관한 글을 쓰고 있어'라고 말하고 싶지만 느끼함에 몸서리칠까 봐 대답 대신 카메라에 얼굴을 비춘다. 손을 흔드는 나와 그런 나를 지긋지긋해하는 D의 장난스러운 얼굴이 보인다. 그 모습이 웃겨서 나도 따라 웃는다. 그 순간 내레이션을 넣을 수 있다면 아마도 이런 말일 것이다.

'나는 카메라 속의 나와 D를 보며 계속해서 손을 흔들었다. 안녕! 나 좀 잘 기억해줘! 하는 마음으로.'

언니에게

언니. 그러고 보니 얼마 전 함께 서울에 다녀온 이틀이 우리에겐 첫 여행이지 않아? 기차에서 여섯 시간, 다음 날 해가 지기 전 집으로 돌아오는 짧은 일정이었지만 친구로 지낸 지 10년 만에 가장 멀리 가본 거잖아. 서로를 안 지 얼마 안 돼 언니는 결혼했고 그사이 세 아이의 엄마가 되었으니까. 아이들이 학교와 유치원에 가 있는 몇 시간 동안 겨우 혼자가 되는 언니는 어딘가로 훌쩍 떠나본 지가 너무 오래됐다고 말했었지. 그 말은 언제라도 불현듯 가벼워지고 싶다는 말 같았어. 그래서 언젠가는 언니와 '훌쩍' 떠나보고 싶다고, 걱정 없이 함께 가벼워지고 싶다는 생각을 했던 것 같아. 어디로든 같이 가기만 한다면 언니를 자주 웃겨줄 자신이 있었거든. 물론 언니가 나보다 더 웃긴 사람인 건 인정해.

토요일 아침, 역에 도착해 KTX를 기다리면서 언니는 기차를 타고 서울에 가는 일이 10년 만이라고 말했지. 일기예보와 다르게 맑은 하늘을 보면서 (서울에 도착하자마자 흐려졌지만) 그동안 여러 번 들은 적 있는 언니의 서울 이야기들이 들쑥날쑥 떠올랐어. 이모 집에서 지내면서 왕복 다섯 시간을 지하철을 타고 대학교에 다녔던 이야기, 극작 전공을 하며 연극 무대를 꿈꿨던 시절과 형부는 모르는 게 좋을 지나간 연애담 같은 이야기들. 사실 우리는 며칠 전부터 좀 들떠 있었잖아. 다름 아닌 서울에 가는 것에 대해서. 대학로에 가서 연극도 보고, 전시도 보고, 가보고 싶었던 서점도 가보자고 시간이 아주 많은 사람처럼 굴었지.

정작 우리가 가본 곳들은 많지 않아. 서울에서 볼 수 있는 사람들을 만나고 나면 종종걸음으로 지하철을 타고 다녀도 시간이 금세 지나가 버리니까. 그럼에도 꽤 재밌는 일들이 많았는데, 그중에서도 우리가 함께 있는 동안 각자 혼자가 됐던 순간들이 유독 기억에 남는다면 언니가 혹시 서운할까? 그러니까 우리가 스스로 침묵을 만들었던 몇몇 순간들 말이야.

이틀의 시간 동안 우리는 자주 혼자가 될 수 있었지. 서울로 가는 기차 안에서 각자 챙겨온 책을 꺼내 읽었을 때. (얼마 안 가 "와. 이거 수면제인가?"라고 말하면서 둘 다 잠이 들었지만) 먼저 잠에서 깬 뒤 약간의 심심함과 어딘가로 계속 가고 있다는 안도감을 느끼며 창밖을 바라볼 때. 비바람에 옷이 조금 젖은 채로 들어간 서점에서 조용히 책을 고를 때. 일요일 아침 카페에서 각자 다른 자리에 앉아 말없이 시간을 보냈을 때. 서로를 혼자인 채로 내버려 두었기 때문에 차오르는 마음이 있었어. 그건 언니와 함께 있고 싶지 않다는 마음과는 분명히 달라.

얼마 전 언니는 인스타그램에 이런 일기를 썼지. '이 외로움을 어떻게 설명해야 할까'로 시작되는 짧은 일기를. 학교와 유치원에서 돌아온 아이들과 놀이터에 간 오후. 챙겨간 책 반 페이지를 읽기도 전에 "엄마"를 부르는 큰아이의 그네를 밀어주고 돌아온 벤치에 앉아 '떠들썩한 놀이터 한가운데 흐르는 고독'을 느꼈다고. 그날 밤 언니에게 전화를 걸어 소란스럽게 수다를 떨었지만, 아마도 언니에게 가장 필요한 건 다른 사람이 아닌 언니라는 걸 알아. 비로소 언니 자신이 될 수 있는 조용한 시간도.

비바람이 치던 토요일과 다르게 집으로 돌아오는 일요일엔 야속하게도 날이 맑았지. 피곤했는지 기차를 타자마자 잠이 들었다가 눈을 떴는데 창밖으로 보이는 하늘이 그냥 흘러가는 게 아까울 만큼 예쁜 거야. 잠시 멍해져 보고 있는데, 어느새 잠에서 깬 언니가 가방에서 책을 꺼내더라. 한 손엔 연필을 쥐고 접어둔 페이지를 펼쳐 책을 읽는 언니 얼굴을 지켜봤어. 바깥을 같이 보고 있자고 말하고 싶었지만, 그 순간 언니에게 필요한 고요함은 나와 달랐던 거지. 그날 옆자리에서 찍은 삼십 초 분량의 동영상엔 흘러가는 하늘과 언니의 골똘한 얼굴, 덜컹이는 기차 소음과 스-윽 연필로 종이를 긋는 소리가 담겨 있어. 늦은 저녁 집으로 돌아와 그 영상을 다시 보는데, 언니에게 하고 싶은 말이 생각나더라.

우리는 가끔 늦은 저녁 카페에서 만나 낮은 목소리로 떠들고, 어느 순간 서로를 옆에 두고서 혼자가 되지. 나란히 앉아 책을 읽거나 글을 쓰고, 무언가 좋은 글감이 생각이 날 듯 말 듯 한 진지한 표정을 하고서. 그럴 땐 취향이 아닌 카페 음악 소리와 옆 테이블의 웃음소리, 유리잔과 스푼이 부딪치는 소리들도 서서히 잠잠해지는 걸 느껴. 우리를 둘러싼 세상을 차단하고서야 비로소 세상에 다가가는 기분이 들지. 그 세상에선 혼자여도 덜 외로울 수 있어.

그러니 언제든 우리가 나란히 앉아 있을 때, 옆자리에 앉은 나를 잊고서 필요한 만큼 혼자가 되었으면 해. 그러면 어느 날 언니의 세계가 문득 조용해질 때 이렇게 말해볼 수 있을 거야.

나와 함께 있는 동안에도 불현듯 혼자가 되는,
언니의 침묵을 사랑해.

그대로 두어도 좋을 마음

인생이란 참 신기하지. 갑작스레 목소리를 듣고 싶어 몇 년 만에 친구에게 전화를 걸었던 날. "너 나 결혼하는 거 알고 전화한 거야?"라는 말을 듣게 될 줄이야. 안 그래도 청첩장을 보내려고 했다는 친구에게 축하한다는 말을 먼저 해야 하는데, 익숙한 목소리를 듣자마자 스무 살 언저리에 했던 농담을 끄집어내 웃겨줄 생각부터 났다. 훈과는 처음 친해질 때부터 그랬다. 내가 보기엔 내가 훨씬 더 웃기는데 얘는 자기가 더 웃긴다고 서로 우기다가 그게 우스워서 배를 잡고 웃게 되는 사이.

훈은 대학교에 입학해 같은 과에서 만난 동기 녀석이다. 신입생 오리엔테이션에서 자신을 슈퍼주니어 멤버 은혁과 닮았다고 소개를 했는데, 정말 하나도 닮지 않아서 첫인상이 별로였다. 내가 별로라고 생각하는 걸 눈치챘는지 훈이랑 시비 섞인 장난을 치다가 친해졌고, 훈이와 나를 포함해 네 명이 한 무리가 되어 스무 살 내내 지겹도록 붙어 다녔다. 곁에 있는 사람들과 평생 친하게 지낼 거라는 믿음이 지금보다 더 쉬울 때였다. 그중 한 명은 1학년이 끝나자마자 자퇴했고, 한 명과는 자연스레 멀어지면서 졸업을 하게 됐을 땐 훈과 나만 남게 되었다. 그 사이 훈이 군대에 다녀오고 전공도 달라져 만나는 시간이 줄었지만 이상하게 얘랑은 띄엄띄엄 보더라도 오래 보고 살겠다는 막연한 예감이 있었다. 다행히 예감은 틀리지 않아 서른 중반이 될 때까지 훈과는 몇 년에 한 번씩 얼굴을 보거나 전화 통화를 하며 지냈다. 언제든 스스럼없이 이야기를 나누다가 전화를 끊거나 헤어질 때는 조금의 아쉬움을 느끼면서. 그렇지만 자주 보고 살지는 않는 사이로. 이렇게도 이어지는 우정이 있는 것이다.

생각해보니 친구의 결혼식에 가는 건 처음 있는 일이었다. 그동안 몇 번의 기회가 있었지만 여러 가지 이유로 축의금만 보내왔던 터였다. 환절기에 아침이면 코를 훌쩍이게 되는 사월의 토요일 오전. 집에 있는 가장 비싼 재킷을 챙겨 입고 평소보다 오래 거울 앞을 서성인 다음 버스를 타고 결혼식장에 갔다. 축의금을 내는 일이 어색해 옆 사람들이 하는 걸 흘긋 보면서 봉투 겉면에 이름을 신경 써서 적었다. 오랜만에 만난 사람들과 어색하게 인사를 하고 싶지 않다는 생각을 하면서 식장에 들어섰는데 마침 훈이는 신부와 함께 리허설을 하고 있었다. 어쩜 재는 나이를 먹어도 그대로네. 특히 오른쪽 턱에 있는 점을 발견했을 때는 흐흐 웃음이 났다.

훈이와 눈이 마주치면 손을 흔들어야겠단 생각으로 식장 뒤편에서 어색함을 견디며 서 있었다. 그런데 정작 신부와 함께 입구 쪽으로 걸어 나오는 훈이와 눈이 마주쳤을 때, 아주 짧은 찰나 스쳐 가는 생각이 있었다. 손을 흔들었는데 재가 나를 한 번에 못 알아보면 어쩌지? 그러고 보니 훈이와는 거의 5년 만에 만나는 거였다. 그 사이 머리 길이도 좀 짧아지고, 살도 쪘고, 마스크도 썼으니 못 알아볼 수도 있지 않나? 그런 걱정을 하며 손을 흔드는데 멀찍이서 훈이가 반갑게 손을 흔들며 잠시만 기다리라는 손짓을 했다. 그러니까 마치 어제 만난 것 같은 얼굴로. 그 순간엔 그런 상투적인 말이 왜 자주 쓰이는지 이해가 됐다. 어제 만난 것처럼,이라는 말보다 정확한 말이 떠오르지 않았으므로. 5년 만에 만난 친구에게 손을 흔들었고, 걔도 손을 흔들었을 뿐인데 그게 이렇게 마음이 찡해질 일인가. 얼마 후 조금 긴장한 얼굴을 한 훈이가 내 쪽으로 걸어왔다.

가까이에서 얼굴을 보니 조금 전까지의 감상은 홀랑 잊고 놀리고 싶은 마음부터 일었다. 친한 사람을 만나면 장난부터 떠올리는 것은 나의 고질병이다. 이번에도 축하한다는 말보다 지금 기분이 어떠냐고, 너 보니까 스무 살 때 얼굴이 생각난다는 말을 꺼냈다. 그때 너 생각하니까 지금 차려입은 모습이 진짜 웃긴다고. 눈으로는 바쁘게 식장에 들어서는 하객들을 살피면서 훈이는 너만 그런 줄 아느냐고, 대학교 2학년 때 신입생 오리엔테이션 무대에서 나와 빅뱅 춤을 추던 때가 생각난다고 했다. 맙소사. 그런 일이 가능했던 스물한 살이 훌쩍 우리 곁으로 왔다가 사라졌다. 이것저것 생각나는 대로 안부를 묻다가 훈이에게 사실은 정말 축하한다고, 진심이라고 말을 하는 도중에 사진사가 신랑을 불렀다. 이제 가보라고 손을 흔드는 마음속으로 아쉬움이 떠올랐지만, 이런 아쉬움은 조용히 내려앉도록 두는 편이 좋았다. 지금부터 식장은 조금씩 더 북적일 테고, 훈이와 이야기할 시간은 아마 없을 것이다. 신부 옆에서 의외로 든든해 보이는 훈이 사진을 몇 장 찍고서 '이 사진을 카톡으로 보낼 때 뭐라고 농담을 하지?'란 생각을 하다가 이르게 식장을 빠져나왔다.

버스를 타러 걸어가는 길에 훈이에 대한 기억 하나가 떠올랐다. 스물여섯 가을이었을 것이다. 당시 다니던 회사에서 명함을 받은 지 얼마 안 됐을 때였다. 늦은 저녁에 학교 앞 포장마차에서 만나 어묵을 같이 먹다가 훈이에게 자랑하듯 명함을 건네주었다. 첫 명함이니까 잘 간직하라고. 훈이는 "오. 알겠다"라고 하더니 지갑을 꺼내 명함을 넣었다. 그러면서 "나 이것도 가지고 있는데?"라며 명함 하나를 꺼내 보였다. 회사에서 일을 시작하기 전 막내 작가로

일했던 방송국에서 쓰던 명함이었다. 프리랜서였기 때문에 내 것이라고 생각하지 못했던 첫 명함이었다. 너 이거 왜 아직도 들고 있냐는 물음에 훈이는 대수롭지 않게 말했다. "그래도 첫 명함인데 어떻게 버리냐?" 그 후로 새로운 명함이 생길 때마다 훈이 말이 생각이 났다. 물론 훈이는 이제 내 명함을 갖고 있지 않을 것이다. 이 기억을 까먹었을지도 모르고.

훈이를 언제 다시 보게 될까 생각하니 하지 못한 이야기들이 못내 아쉬웠다. 아. 웃기게 이야기할 수 있는데. 다음엔 아빠가 되어 있으려나. 그때 나는 또 어떻게 달라져 있을까. 그런 생각을 하다 집으로 돌아가는 버스를 탔다. 사람들이 얼마 타지 않은 버스에 앉아 친구 결혼식에 처음 다녀온 생경한 기분을 느끼며 흘러가는 창밖을 봤다. 낮으로 다가서는 오전의 햇살 속에 익숙한 아파트와 상가 건물들이 잔잔하게 흔들리며 스쳐 지나갔다. 버저를 누르려면 아직 열 정거장은 너끈히 남았고, 떠오르는 대로 생각에 빠져들기 좋은 시간이 내게 있었다.

'훈과는 언젠가 보게 될 거고, 언제 해도 좋을 이야기들이 나에게 여럿 남아 있지.' 그렇게 생각하니 앞으로 다가올 시간이 충분하게 느껴졌다. 창문을 통과한 햇빛에 뺨과 어깨가 서서히 따뜻해졌다.

아마도 어둠 속에서 우리는

가끔 생각해.

내가 계속 글을 쓸 필요가 있을까.

세상에 좋은 글을 쓰는 사람은 너무 많은데, 이 정도밖에 쓰지 못하는 내가 자꾸만 작게 느껴진다면 그만두는 게 낫지 않을까. 내가 쓰지 않는다고 세상이 바뀌는 것도 아니니까 말이야. 언젠가 내가 물었지. 퇴근 후 네가 카페에서 늦은 밤까지 매일 데모파일을 만들던 때. 피곤하지 않냐고 묻는 말에 너는 그랬어. 침대에 누우면 너무 피곤해서 '내가 왜 이 고생을 하고 있을까?' 생각하는데, 그래도 그 시간 덕분에 내일 출근을 견딜 수 있다고. 구부정한 자세로 꼼짝 않고 음악을 만드는 시간 동안 너는 진짜 네 삶을 사는 것 같다고 말했지. 그러니까 우리는 아는 거야. 내가 글을 쓰지 않고, 네가 음악을 그만둔다면 세상은 바뀌지 않아도 우리는 달라질 거야. 다른 곳에서 덜 괴로워질 순 있어도, 더 좋아하는 일은 찾을 수 없을 테니까. '이번엔 정말 헤어져야겠지' 생각하다가도, 나만 아는 연인의 한구석을 보고선 '역시 안 되겠어'라며 익숙한 얼굴을 쓸쓸한 기쁨으로 쓰다듬어보는 것처럼. 우리가 이 일을 그만두는 데 번번이 실패하는 이유는, 너와 내가 스스로에게 자꾸만 기회를 주고 있기 때문이란 것도 알고 있지.

그래서 얼마 전 네가 결국 밴드를 그만두겠다고 했을 때 잠시 아무 말도 못 했던 거야. 네가 얼마나 좋아하는 일인지 아니까. 잘하고 싶어서 노력한 네 모습을 지켜봐 왔으니까. 그 자리에서 묻지 않았지만 제일 먼저 생각난 말은 "지난 시간들은 어떡하려고?"였어. 마치 헤어지는 사람들처럼 말이야. 이제는 계속할 자신이 없다고 말하는 네 옆얼굴을 보면서, 6년 전 너를 처음 만났을 때가 떠올랐어.

2014년 십이월, 시끌벅적한 술자리에서 맞은편에 앉아 있던 너는 턱까지 기른 단발머리에 동그란 안경을 쓰고 있었잖아. 친구들과 밴드를 준비하고 있다는 너의 말을 들으면서 그때는 너와 만나게 될 거라고 생각하지 못했어. 단발머리를 한 남자와 연애하는 내 모습이 전혀 상상이 안 됐거든.

얼마 후 유튜브에서 네가 만든 노래를 찾아 듣고 나서야 네가 대책 없이 좋아졌지. 이런 노래를 만드는 사람이라면 좋아할 자신이 생겼어. 당시 준비했던 밴드가 공연도 몇 번 해보지 못하고 해체했을 때도, 금세 마음을 추스르고 다음 밴드를 준비하는 너는 다행히 들떠 보였어. 세 명의 친구들과 새 밴드의 이름을 짓고, 몇 장의 앨범을 만들고, 관객이 얼마 없는 클럽에서 공연하고, 밴드 인스타그램에 종종 달리는 댓글에 네 미래를 잠깐씩 걸어보는 동안 스물아홉의 너는 서른넷이 되었고, 시간이 갈수록 너의 기대가 점점 작아지는 걸 지켜보았지.

고태경은 책상 위에 놓여 있는 두툼한 시나리오를 들어 보였다. 훑어 넘겨본 시나리오는 폰트와 편집도 신경 써서 깔끔했다. (…) 영화화되지 않은 시나리오는 컴퓨터 폴더 안에 무형의 파일로 남은 게 아니라 사람 키만큼 쌓여 있었다.

언젠가 네가 데모파일을 들려주었을 때, 곡 제목 옆에 '23'이라는 숫자가 붙어 있는 걸 봤어. 그건 적어도 네가 그 노래를 스물세 번 고쳤다는 거야. 어느 구간은 드럼 소리를 줄여보고, 기타 멜로디를 바꿔보기도 하고, 보컬의 느낌을 바꿔보면서 스물세 번의 버전을 저장하는 동안 네 컴퓨터엔 너만 아는 데모파일이 쌓여갔을 거야. 그 파일을 연달아 재생해본다면 얼마나 길고 지루한 노래가 될까. 지금도 종종 유튜브에서 네가 처음 업로드한 노래를 찾아들어. 2012년에 업로드된 조회수 185회의 노래. 그때 너는 단지 한 곡을 완성했다는 사실만으로 기뻐할 수 있었다고 했지. 밴드가 더 잘 되길 바랄수록, 사람들의 반응을 기대할수록 어둠 속에서 과녁을 맞히는 기분이 들던 너는 조금씩 네가 가진 재능을 미워하게 된 거야. 그래서 밴드를 그만두고 홀가분하다는 네 말에 고개를 끄덕일 수밖에 없었어.

내가 사랑하는 걸 미워하는 게 아니라, 내가 사랑하는 걸 더욱 사랑하는 방향으로 가고 싶어. 행복해지지 않는다면 뭘 위해서 이 모든 일을 하겠어?

몇 달 전부터 너는 일요일 아침마다 기타를 배우러 다니지. 10년이 넘도록 기타를 쳐온 네가 수강생이 되어 처음부터 기타를 다시 배운다는 게 이상했어. 맞는다고 생각했던 주법을 틀리게 연주해서 엄격한 선생님께 혼이 나고, 토요일 밤이면 밀린 숙제를 하느라 한숨을 쉬지만 일요일 아침마다 너의 목소리는 조금 높아져 있어. 기타 연주가 좋아지는 게 느껴진다고, 그동안 이런 기분이 필요했던 것 같다고. 너는 요즘 혼자서 음악을 만들고 있지. 무엇이 될지 몰라도 처음 네가 괴로움 없이 좋아하던 노래를 만들 때처럼. 가끔 너의 얼굴을 바라볼 때 네 마음 안에 불이 꺼진 곳을 봐. 밴드 멤버들과 같이 서고 싶었던 무대를 잊지 않는 한 그 자리는 계속 깜깜한 채로 네 안에 남아 있을 거야. 하지만 가까운 자리에 네가 불을 켜기 시작했으니까, 나는 그런 너를 믿어줘야지. 요즘 같은 자기 PR 시대에 혼자서 활동하려면 SNS를 더 잘해야 하지 않겠냐는 농담을 하면서. 어쩐지 좀 있어 보이는 예명을 짓다가 웃음을 터뜨리기도 하면서. 인생은 오케이 컷만 모아놓은 영화가 아니니까. "때로 오케이가 없어도 가야" 하니까.

조 감독, 영화를 만들자! 극장에서 다시 영화를 상영하자.

우리는 빛을 만드는 사람들이니까.

빛을 보려면 어둠 속으로 들어가야지.

혼자 하는 음악은 전보다 더 외롭겠지.

같은 노래를 몇 번이나 고치다가 다시 괴로워질 때면 옆을 봐.

아마도 우리는 비슷한 얼굴을 하고서,

어둠 속에 함께 서 있을 거야.

— 인용 문장, 정대건,《GV 빌런 고태경》중에서.

현대서점에서 만나

중학교를 졸업하면서 경주 시내에 있는 고등학교로 진학을 했다. 전교생이 오십 명 남짓한 작은 학교에 다니다 한 학년에 여덟 반까지 있는 큰 학교로 가는 나를 두고 담임 선생님은 촌에서 도시로 유학 간다고 말했다. 집과 학교는 한 시간 거리여서 졸업 전까지 3년 내내 학교 기숙사에서 살았다. 토요일 수업을 마치고 집으로 갔다가 일요일에 다시 기숙사로 돌아오는 반독립 생활이었다. 학교 앞 정류장에선 집으로 가는 직통버스가 없어서, 늘 시내에서 버스를 한 번 갈아타야 했다. 작은 도시일수록 시내는 사전에 적힌 '시의 구역 안'이라는 뜻보다는 '도시의 중심지'

라는 의미로 쓰였다. 택시를 타고 "시내로 가주세요"라고 해도 말이 통했고, 옛 경주역과 경주에서 가장 큰 시장 근처의 도로 표지판에는 '시내'로 가는 방향이 표기되어 있었다. 시내에 가면 교복을 입은 우리가 원하는 모든 것이 있었다. 극장과 음반 가게, 패스트푸드점과 닭갈비 가게, 커다란 팬시 잡화점과 저렴한 보세 옷가게, 야자 시간 몰래 학교에서 빠져나와 우르르 몰려갔던 동전 노래방과 스티커 사진 가게까지. 약속이 정해지면 당연히 시내로 모였고 시내에서 만나자는 말은 곧 버스 정류장이 있는 현대서점 앞에서 보자는 말과 같았다.

약속 장소의 상징이었던 현대서점 앞은 늘 사람들로 북적였다. 맑은 날엔 누군가를 기다리는 사람들로, 비가 오는 날엔 급하게 비를 피하러 뛰어드는 사람들로 시끌벅적했다. 늘 서점 안보다 바깥에 서 있는 사람들이 많았다. 서점 앞이 한적할 때는 주말 오전뿐이었다. 기숙사로 돌아가는 일요일엔 곧장 학교로 가지 않고 종종 친구들과 점심 약속을 잡았다. 매번 집을 떠날 땐 백팩도 모자라 종이가방에 일주일 치 짐을 가득 넣은 채로 시내로 가는 버스를 탔다. 오전 중에 동네에서 시내로 가는 버스 시간은 열 시뿐이어서 부지런히 한 시간을 타고 간대도 점심 약속보다 늘 한 시간 일찍 도착했다. 버스에서 내리면 시내는 축제가 끝난 캠퍼스처럼 한산했다. 만나기로 한 친구는 열한 시 반쯤 도착할 것이고, 나는 한적한 그 시간에 혼자 서점에 들어가는 게 좋았다.

짤랑. 문을 밀고 들어설 때 머리 위에서 울리던 종소리와 바깥보다 조도가 낮은 서점의 색깔은 조금 전까지 있던 곳과 다른 곳으로 입장했다는 기분을 느끼게 해주었다. 현대서점은 단층 서점으로 서점 공간을 딱 절반으로 나누어 안쪽은 학습지, 바깥쪽엔 도서 코너가 있었다. 주인아저씨는 손님이 찾기 전까진 텔레비전을 보거나 말없이 신문을 보는 사람이었기 때문에 편하게 서점의 시간을 누릴 수 있었다. 책꽂이를 눈으로 훑으며 지나가다 마음에 드는 책 앞에 멈춰 서서 조심스럽게 만져보는 책의 실감도 매번 새삼스레 좋았다. 도서 검색 서비스가 없어도 불편하지 않을 만큼 비치된 도서가 많지 않았지만, 그즈음 집에는 무엇이든 쉽게 버리지 않는 할머니가 모아둔 1990년대 〈건강 다

이제스트〉 시리즈와 《못자리 잘 쓰는 법》, 누가 읽었는지 모를 《추락하는 것은 날개가 있다》와 같은 책들만 있었기 때문에 현대서점의 크기만으로도 책의 세계에 몸을 반쯤 담근 기분이 들었다. 초등학교 6학년이었나. 다음 내용이 궁금해 잠 못 이루던 《해리포터》 시리즈를 할아버지가 처음 사준 곳도 현대서점이었다. 하지만 혼자서 책을 살 만큼 용돈이 여유롭진 않았으므로 현대서점의 문을 열고 들어가는 목적은 그저 머무르는 데 있었다. 약속 시간이 다 돼 빈손으로 서점을 나설 때면, 돈을 버는 어른이란 마음에 드는 책을 고민 없이 고를 수 있는 사람이라고 생각했다.

평일을 보내고 집으로 돌아가는 토요일. 수업을 마치면 정해진 일과처럼 친구 둘 셋과 어울려 시내에 들렀다. 만만한 김밥천국에 가서 김치볶음밥이나 비빔만두를 사 먹고 괜스레 여기저기 쏘다닌 다음 저녁 시간이 되기 전 현대서점 앞에서 헤어졌다. 집으로 가는 버스를 타기 위해선 서점 맞은편에 있는 버스 정류장으로 가야 했는데 무리 중에서 횡단보도를 건너는 건 주로 나 혼자였다. 친구들은 주로 현대서점의 오른쪽에 살고 있었고, 나는 두 시간에 한 번 오는 300번대 좌석버스를 타고 왼쪽으로 깊이 깊이 들어가야만 했다. 정류장엔 언제나 같은 버스를 타게 될 할머니 할아버지들이 먼저 와 앉아 있었다. 그들 사이에 앉아 건너편을 바라보면 현대서점 앞 정류장에 모여 있는 아이들이 보였다. 신호가 바뀌고 정차했던 차들이 움직이면 뭐가 그리 재밌는지 연신 웃는 아이들의 얼굴이 보이다 사라지다 했다. 아이들은 건너편의 나를 혼자 두지 않으려고 몇 번이고 이름을 부르고 손을 흔들었다. 그 모습이 좋으면서도 얼른 버스에 올라타 버리고 싶었다. 잘 가라는 인사는 길어질수록 어색해지는 법이니까. 하지만 대개 마지막에 남는 쪽은 나였다. MP3에서 재생되는 노래를 들으며 집으로 돌아가는 버스가 올 때까지 건너편을 바라보며 앉아 있었다. 어둑한 저녁. 익숙한 얼굴들이 사라진 그 자리엔 언제나 현대서점 불빛이 있었다.

우아하고 호쾌한 발야구

나는 대개 운동장을 바라보는 사람이었다. 교실에 앉아 왼쪽으로 고개를 돌리면 창문 너머로 보이던 고요한 모랫바닥이나 조퇴하는 아이가 운동장을 가로질러 걸어가는 모습을 눈으로 따라가 보았던 것. 나른해지는 오후에 다른 반 아이들이 핸드볼을 배우는 모습을 심심한 마음으로 구경하던 것이나 좋아하는 남자애가 축구를 하는 모습을 지켜보면서 가슴이 뛰었던 기억들이 남아 있다. 그런 내게도 운동장에서 바라본 다른 풍경을 가져본 때가 있었다.

초등학교 5학년. 몸으로 하는 건 대부분 자신이 없던 나는 체육 시간을 좋아해본 적이 없었다. 운동회 날 200미터 달리기 시합에서 3등을 했을 때도, 손목에 찍힌 도장을 보고 잠시 기분이 좋았지만 가쁜 호흡이 돌아오면 금세 사라지는 기쁨이었다. 다른 아이들 앞에서 엉성하고 어설픈 모습을 그대로 보여줘야 하는 것, 앞머리가 바람에 날려 숨찬 얼굴을 숨길 수 없는 것들이 내게는 곤욕이었다. 오래달리기를 해야 하는 체력장을 할 때면 숨고 싶었고, 비가 내려서 체육관에서 피구를 하는 게 반가웠다. 남자아이들은 운동장을 이리저리 뛰어다니며 축구를 하고 여자아이들은 그늘에 앉아 자유 시간을 가질 때도 오히려 좋았다. 그러다 우연히 내 앞으로 굴러온 축구공처럼 열두 살 인생을 놀래주며 훌쩍 다가온 것이 있었다. 체육 시간에 배우게 된 발야구였다.

발야구를 처음 하던 날. 운동장에는 홈, 1루, 2루, 3루 자리가 생겼다. 선생님은 간단하게 발로 하는 야구라고 생각하면 된다고 룰을 설명해주었다. 피구보다 복잡해 보이는 데다 공을 던지는 게 아니라 발로 차야 하는 게임이라니. 홈 자리에 놓인 배구공을 보자 한숨이 나왔다. 왜 학교에서는 발야구 같은 것을 배워야 하는 걸까. 투덜대는 아이들과 신이 난 아이들이 섞여 열 명씩 두 팀으로 나뉘었다. 선공을 맡은 우리 팀은 홈의 자리로, 수비를 맡게 된 팀은 1루, 2루, 3루와 운동장 중앙으로 달려 나갔다. 그중 홈은 모두가 집중하는 무대였다. 잘하는 아이가 홈에 서면 수비팀 아이들이 웅성대며 뒤로 물러서고, 잘하지 못할 것 같은 아이가 홈에 서면 앞으로 모여들어 공을 잡을 자세를 잡았다. '공격수에게 기회는 세 번. 파울이 세 번이거나 공을 잡히면 아웃. 공을 차고 나서는 무조건 1루만 보며 뛰어간다.' 파울을 세 번 한다는 건 부끄러움을 세 번 견뎌야 한다는 거였으므로 목표는 이왕이면 공을 잘 차서 1루까지만 뛰어가는 것이었다. 일곱 번째인가, 마침내 내 차례가 되었을 때. 일단은 이 자리에서 벗어나겠다는 마음으로 두 발에 힘을 주고 준비 자세를 잡았다. 삑. 호루라기 소리와 함께 선생님이 알려준 대로 두세 걸음 뛰어가 오른발로 공의 중앙 부분을 찼는데, 그랬는데.

우와아.

함성과 함께 높이 떠오른 공이 수비 아이들의 손끝에 닿지 않고 멀리 날아가는 게 보였다. 같은 팀 아이들의 "뛰어, 뛰어"라는 소리를 신호탄 삼아 1루까지 힘껏 뛰었다. 웬일인지 땅을 딛고 나아가는 두 발이 가볍게 느껴졌다. 베이스를 밟고 나서야 공이 도착했고 세이프를 알리는 선생님의 호루라기 소리가 울렸다. 와. 성공했구나. 2루로 뛰어간 아이가 내 쪽을 향해 오케이 사인을 보이며 장난스럽게 웃는 얼굴을 보았다. 그리고 그 아이의 배경으로 나란히 이어진 교실의 창문들이, 바람에 부풀어오른 커튼 사이로 창가 자리에 앉은 누군가의 얼굴이 언뜻 보이기도 했다. 한낮의 교실은 밖에서 보면 저런 색깔이구나. 불 꺼진 거실 같은 색깔. 잠시 한눈을 판 사이, 홈의 공격을 알리는 호루라기 소리가 들려왔고 다시 심장이 빠르게 뛰었다. 그리고 긴장감과는 다른 진동으로 마음 한 곳에서 작은 소용돌이가 일었다. 간질거리기도 하고 무언가 빼꼼 고개를 내미는 것 같기도 했다. 그렇게 2루, 3루를 밟고 득점과 함께 홈으로 돌아왔을 때. 내가 발야구를 좋아하게 되었음을 알게 됐다.

체육 시간이 끝나고 교실로 돌아온 후에도 공을 찼던 촉감이 남아 발끝에서 꼼지락거렸다. 대여섯 살에 '퐁퐁'이라 불리던 트램펄린에 몸을 맡기고 가뿐하게 떠올랐던 것처럼 다음 베이스로 뛰어가는 동안 가벼워지는 몸의 감각이 생생했다. 그런데 있잖아. 나 발야구를 좀 잘하는 것 같다고, 할머니에게 쭈뼛대며 말하고 나서도 속이 시원하지 않았다. 다시 한번 운동장의 모래를 밟고 뛰어야만 해소될 간지러움이었다. 한 주가 지나 다시 체육 시간이 되었을 때, 교실을 나설 때부터 심장이 콩닥거렸다. 기대되는 마음을 친구들과 나누기엔 쑥스러워 옷 속에 숨겨둔 채로 운동장으로 향했다. 이번엔 서너 번째 순서로 홈에 섰을 때 수비팀 아이들이 조금씩 뒤로 물러서는 게 보였다. 잘하고 싶은 마음에 긴장이 돼서 가슴속에 곧 터질 것 같은 폭죽이 있는 기분이었다. 여러 번 공을 차 보니 신발에 공이 닿는 촉감만으로 공이 얼마나 높이, 얼마나 멀리 날아갈 것인지 알 수 있었다. 잘 맞은 공이 포물선을 그리며 날아갈 때, 공을 잡으려는 아이들이 하늘을 보며 뒷걸음질 치고, 등 뒤에서 들리는 "달려, 달려"라는 소리와 함께 1루로 뛰어갈 때. 처음으로 운동장이 내 것이라는 생각을 했었다.

하지만 발야구 에이스의 영광은 오래가지 않았다. 운동화 하나로 사계절을 나는 게 당연하다고 생각했던 시절. 마침 신던 운동화가 낡아서 새 신발을 사게 되었다. 고수는 도구를 탓하지 않는다지만 새 신발을 신으면 더 잘할 수 있을 것 같았다. 좋은 신발을 사기 위해 할아버지와 경주에서 제일 큰 시장으로 갔다. 미닫이문을 열고 들어가는 신발 가게에서 통굽에 앞코가 뭉툭해 귀여운 남색 운동화를 보았다. 그 선택을 하지 말았어야 했는데. 할아버지에게, 아니면 신발 가게 사장님에게라도 '이 신발을 신으면 발야구를 더 잘할 수 있나요?'라고 물었어야 했는데. 묻지도 따지지도 않고 귀여운 디자인에 마음을 빼앗겨버렸다. 후회는 다음 체육 시간에 바로 찾아왔다. 어김없이 운동장엔 1루와 2루, 3루, 베이스가 놓이고 긴장감 속에서 홈 자리에 들어섰다. 이전 신발보다 무거웠지만 새로워진 나는 더욱 자신감이 있었다. 이제는 공의 어느 부분을 정확하게 차야 하는지 요령도 생겼다. 수비팀의 빈자리를 눈으로 빠르게 훑은 다음 원하는 방향으로 공을 찼다고 생각했는데, 그랬는데.

파울. 파울. 그리고 아웃.

마음과 다르게 낮게 날아간 공이 앞줄에서 수비 하던 아이의 품으로 쏙 들어갔다. 한 바퀴를 돌아 다음 순서가 되어도 좀처럼 잘되지 않았다. 자꾸만 아웃이 되는 나는 다음 발야구 게임부터 자연스럽게 순서가 뒤로 밀려났다. 부진의 이유는 아무래도 뭉툭한 신발 때문인 것 같았다. 그렇다고 버린 신발을 다시 구해올 수도 없는 일이었다. 몇 번의 좌절을 경험하고 나니 자신감이 떨어져 발야구에도 흥미를 잃어버렸다. 속상한 마음에 괜스레 신발 코만 바닥에 툭툭 쳐댔다. 잘하지 않아도 괜찮다고 생각하면 좋았을 텐데. 너무 잘하고만 싶은 마음이 발야구와도 체육 시간과도 영영 멀어지게 만들었다.

그리고 나는 올림픽 시즌에만 스포츠 경기를 보는 일에 반짝 흥미를 가지고, 직접 경험하는 스포츠라곤 연례행사처럼 친구와 배드민턴을 치는 일밖에 없는 어른이 되었다. 그러다 2년 전. 그해 내가 사는 지역에서 처음으로 창단한 여자 야구단을 인터뷰하게 되었다. 인터뷰를 하기 전

퇴근을 하는 차 안에서 우연히 야구단 선수를 모집한다는 라디오 광고를 들은 적이 있었다. 나이, 경력 제한 없이 야구를 하고 싶은 여자들이라면 누구나 지원 가능하다는 말을 들으며 과연 신청자가 많이 있을까 생각을 했었다. 이후 인터뷰를 하면서 들은 이야기로는 이십여 명을 뽑는데 오십여 명이 지원했다고 했다. 그렇게 서류 심사와 체력 심사를 거쳐 최종 선발된 선수는 스물여덟 명. 야구를 처음 해보는 사람부터 국가 대표 선수까지, 나이도 열일곱부터 쉰두 살까지 다양한 사람들이 첫 여자 야구단의 소속 선수가 되었다. 그중 내가 만난 사람은 가장 나이가 많은 선수, 쉰두 살의 김미정 님이었다.

금요일 오후. 정기 훈련이 이루어지는 야구장에서 만난 미정 님은 야구단의 유니폼을 입고 있었다. 유니폼이 정말 맞춤복처럼 잘 어울려서 멋지다는 말을 전했더니 미정 님은 일순간 환해진 얼굴로 처음 유니폼을 입던 날의 이야기를 들려주었다. 미정 님이 야구단 입단 공고를 보게 된 것은 우연이었다. 여느 때처럼 동네를 산책하다가 가까운 야구장 앞 게시대에 걸린 현수막을 보게 되었다. 나이와 경력이 상관없다는 말에 지금껏 한 번도 야구를 해본 적이 없으면서도 도전해보고 싶은 마음이 생겼다. 전화를 걸기 직전까지도 '이 나이에 신청을 해도 될까?' 생각했지만, 지금이 아니면 정말 못 해볼 것 같아서 용기를 내 신청을 했다. 서류 심사에 붙었다는 소식에 얼떨떨한 마음으로 입단 시험을 치르러 갔던 날. 시험장에 모인 얼굴들이 다들 젊은 데다, 배트를 잡는 폼도 좋아 보여서 '나는 떨어졌구나' 생각했는데 기적처럼 최종 합격을 했다는 소식을 들었다. 입단식을 하기 위해 처음으로 야구장에 모인 자리에서 미정 님은 등판에 자신의 이니셜이 새겨진 유니폼을 받았다. 입어 보니 괜스레 어깨에 힘이 들어가고 뿌듯한 마음이 들어 그대로 입고 집으로 걸어갔다. 그러다 지나가는 분이 무슨 옷이냐고 물어보았고 미정 님은 자랑을 숨기지 못하고 이렇게 말했다.

"여기에도 여자 야구단이 생겼거든요. 이게 그 유니폼이에요."

평소엔 천 명이 넘는 직원들의 식사를 책임지는 조리원

으로 근무하는 미정 님은 야구단 동생들에게 피해가 갈까 봐 정기 훈련 외에도 틈을 내 연습을 한다고 했다. 득음하는 사람들이 정기 좋은 산의 깊은 계곡을 찾는 것처럼 산을 올라 스윙 연습을 하기도 하고, 근무 시간에도 조리복을 입은 채로 틈틈이 자세 연습을 해본다고. 다행히 같이 일하는 언니들이 못 본 척 눈을 감아주어 가능한 일이라며 웃었다. 왜 이제야 시작했는지 모르게 야구가 너무 재밌다는 그에게 야구를 하는 동안 가장 기분이 좋은 순간은 언제인지 물어보았다.

"제가 아직 실력이 부족해서 헛스윙을 많이 해요. 조금 속상할 때도 있는데 계속 연습을 하다 보면 드물게 배트에 공이 딱 잘 맞는 순간이 있어요. 잘 맞은 공이 날아가는 것을 보면서 1루로 뛰어갈 때 날아갈 것 같아요."

미정 님은 팀에서 가장 어린 열일곱 살 선수와도 언니 동생 사이로 지낸다. '니는 젊다', '니는 할 수 있다'는 격려를 아끼지 않고, 다른 지역의 야구단과 시범 경기를 하는 날엔 출전은 하지 못해도 대기석에서 큰 목소리로 응원을 한다. 야구가 너무 하고 싶어서 모인 한 팀이고 소중한 동료이기 때문이다. 그런 그의 목표는 언젠가 동생들과 함께 경기에 나가보는 것이다. 즐겁게 이기더라도, 아쉽게 지더라도. 그날 인터뷰의 마지막 질문은 이것이었다. 시간이 지나서 지금의 미정 님을 돌아보면 어떤 말을 해주고 싶을 것 같으냐고.

"주변에서 '여자가 뭔 야구를 하노?'라고 말하는 사람도 있어요. 그럼 저는 '왜? 여자는 야구 못 하나?' 이렇게 대답해요. 나중에 육십이 넘고 칠십이 넘었을 때 지금을 돌아보면 어떨까 생각해봐요. 그때에도 너무 잘했다고 생각할 것 같아요. 50대에 내가 이렇게 했구나. 도전하기 쉽지 않았을 텐데 내가 했구나. 야구 하길 정말 잘한 것 같아요."

미정 님과 헤어질 무렵엔 시월의 하늘이 보랏빛으로 저물고 있었다. 좋은 대화를 나누고 헤어지는 길엔 무엇이든 할 수 있을 듯한 기분이 차오르곤 했다. 집으로 돌아가는 차 안에서 미정 님의 배트에 공이 잘 맞는 순간을 상상하다가 그 순간의 기쁨은 '나도 잘 알고 있는 것이지'라는 생각이 들었다. 정확하게 잘 찬 공이 아이들의 머리 위로 우아한 곡선으로 날아갈 때의 경쾌한 기쁨. 오래전 빼꼼 고개를 내민 적 있는 마음이 다시 한번 꿈틀대는 것 같았다. 정체되는 도로 위에서 조금 전 보았던 운동장을 계속해서 떠올려보았다. 뛰어가는 어린 얼굴에 보드랍게 닿았던 바람의 촉감을 다시 느껴보고 싶었다.

어디서든, 무엇을 하든

얼마 전 이사를 했어. 스물여섯 겨울부터 살기 시작한 방이니까 꼬박 7년 만에 하는 이사였지. 원래 살던 방은 다섯 평쯤 되려나. 누우면 머리맡엔 책상다리가 있고, 오른쪽으로는 냉장고가 왼쪽으로는 행거에 걸린 옷들이 손에 닿는 방이었지. 그래도 나쁘지 않았어. 집주인이 친절했고, 무엇보다 볕이 잘 드는 방이었거든. 혼자 있을 땐 무서워서 창문을 거의 열어두지 못했지만 말이야. 다만 방에서 보내는 내 생활이 오랫동안 나빴던 것 같아. 냉장고에 건강한 식재료를 넣어두고, 간단하게라도 밥을 지어 먹고, 자주 환기를 시키고, 필요한 것들을 반듯하게 정리하는 일. 이런 생활을 미루지 않는 일이 내 몸과 마음을 돌보는 일이라는 걸 모른 척하고 살았어. 어느 날 그런 생각이 들더라. 여행을 떠나기 전 배낭에 짐을 꾸릴 땐 옷도 반듯하게 개서 넣고, 소지품도 흐트러지지 않게 신경 써서 넣잖아. 그런데 집으로 돌아가는 날 아침엔 '에라 모르겠다' 하는 마음으로 숙소에 흐트러져 있는 짐들을 대충 아무렇게나 집어넣게 돼. 귀찮기도 하고, 어차피 배낭 속이 얼마나 엉망인지 아는 사람은 나뿐이니까. 어느 날 내 방이 꼭 여행 마지막 날 집으로 들고 온 배낭 같았어. 여행이 끝나면 버릴 건 버리고, 세탁할 건 얼른 세탁기에 넣어야 하잖아. 귀찮아도 언제까지 미룰 수는 없지. 그래서 이사를 가기로 한 거야. 마치 여행을 떠나기 전날처럼 새롭게 짐을 꾸릴 수 있는 곳으로.

7년 동안 쌓인 짐들이 꽤 많을 거라 예상은 했었는데 이사하는 데 3일이 걸릴 줄은 몰랐네. 정말 버리는 데만 그만큼 시간이 걸렸어. 언젠가 쓰겠지, 혹시나 필요해지면 어쩌지 하는 마음으로 쌓아둔 것들. 예뻐서, 그럴싸해 보여서 충동적으로 사들인 것들. 어떻게 버려야 할지 몰라 일단 보이지 않는 곳에 숨겨둔 것들. 문 앞에 하나둘 쌓이는 50리터 종량제 봉투를 보는데 벌 받는 기분이더라. 앞으로도 이렇게 살면 너는 인간도 아니라고 경고받는 것 같았어. 하루는 남자친구가 도와줬는데 걔가 그러는 거야. 살면서 이렇게 많은 쓰레기를 보는 건 오늘이 두 번째라고. 그래서 첫 번째는 언제냐고 물었더니 그러더라.

"몇 년 전에 학교 체육관 공사를 한다고 남자 여섯 명이 같이 청소한 적 있었거든. 그다음이 오늘이야."

민망해서 엄청 크게 웃었잖아. 쓰레기봉투 매듭을 묶고 곳곳에 먼지를 털어내는 걔를 보면서 '이래도 나를 좋아해 주겠지?' 생각하다가 초조해져서 그날은 자장면 대신 비싼 중화요리를 먹여서 집으로 보냈어. 그리고 다음 날엔 혼자 치우기로 마음먹고 방으로 들어갔지. 마지막 날이라 버릴 것도 거의 다 버렸고, 큰 짐은 다 옮긴 후라 작은 짐들만 정리하면 되는 날이었거든. 그러다 무엇이 들어 있는지도 잊어버린, 7년 동안 인터넷 공유기 받침대로 쓰던 수납장을 열게 된 거야. 그 안엔 대학교 때 쓰던 다이어리와 오래된 편지와 사진, 왜 있는지 모를 영수증들이 들어 있었어. 집 정리를 하면서 한 번도 안 입은 옷과 새 책은 쉽게 버렸는데 이상하게 편지랑 사진은 버리기 어렵더라. 이름과 얼굴이 있어서 그런가. 내가 가지고 있다고 해서 내 것만은 아니라는 생각이 들더라고.

바닥에 앉아서 천천히 편지를 읽어봤어. 대부분 20대 초중반에 받은 것들이었지. 보낸 사람들의 이름은 달라도 내용은 비슷해. 어디에 있든 무엇을 하든 행복을 빌어주는 말들. 좋아하는 마음으로 하게 되는 염려와 다가오는 시간을 명랑하게 약속하는 마음. 언제나 네 옆에 있을 거라거나 네 편이라는 다짐들. 편지를 쓰는 동안 우리는 조금 더 다정한 사람이 되잖아. 읽는 사람이 기쁘길 바라면서 해줄 수 있는 가장 좋은 말을 쓰려고 노력하니까. 덕분에 이 편지들을 처음 읽던 나는 아마 그 전의 나보다 더 잘 살고 싶어졌을 거야. 그런데 편지를 보내준 사람 중 지금은 연락하지 않는 이름이 더 많다는 건 이상한 일이지. '이런 말을 주고받던 사람들도 지금은 다 모르고 살아간다.' 그렇게 생각하니까 오래된 편지를 읽는 일이 그동안 내가 무엇을 잃어버렸는지 알게 되는 일 같더라.

그중에 네가 보낸 엽서 두 장도 있어. 2013년 네가 캐나다로 어학연수를 갔을 때 생일과 크리스마스에 보내준 엽서야. 하나는 밴쿠버, 하나는 로키산맥 사진이 뒷면에 인쇄되어 있지. 'ㄹ'과 'ㅁ'을 유독 크게 쓰던 글씨체를 보니까 오랜만에 고등학생이던 네 얼굴이 떠올랐어. 이마의 삼분의 일만 가리던 짧은 앞머리와 자꾸만 코로 내려오는 안경을 고쳐 쓸 때 코를 찡그리는 습관. 피부가 하얘서 희멀건 죽과 흰둥이로 불리던 별명. 내가 장난을 심하게 쳐서 네가 화가 나서 울었던 날과 네가 사과를 안 받아줄까 봐 엉엉 울면서 편지를 썼던 것. 옆 도시로 전근 간 선생님을 만나러 야자를 땡땡이치고 무작정 시외버스를 타고 갔던 밤과 짝사랑을 하던 네가 팀의 〈사랑합니다〉 노래를 듣고 울었던 일. (그때도 어김없이 너를 놀렸던 것.) 그리고 네 생일에 학교 운동장에서 초코파이를 쌓아서 만든 케이크를 먹었던 일. 그날 초코파이로 만든 케이크 모양이 어땠는지, 촛불을 부는 네 얼굴이 어땠는지는 기억나는데 너와 내가 언제 어떻게 멀어졌는지는 생각이 안 난다. 너와 싸운 것도 아니고, 너를 미워하게 된 것도 아닌데 말이야. 아마도 어느 순간 더 이상 서로에게 노력하지 않게 된 이유들이 생겨났겠지. 그리고 그건 아마 자연스러운 일이었을 거야.

너와 연락을 하지 않게 된 지 몇 년 후에 네가 이름을 바꿨다는 이야기는 들었어. 공무원 시험을 준비하다가 네 사주에 더 좋은 이름으로 바꿨다고. 다시 만나면 새 이름으로 불러야 하나 생각했었는데, 바꾼 이름이 뭐였는지도 까먹어버렸다. 그러니 이제 나는 네가 예전 이름으로 살던 시간만 가지고 있는 셈이야. 혹시 기억할지 모르겠지만 네가 보낸 생일 축하 엽서에는 이런 말이 적혀 있어.

'지금 이 편지를 보고 바로 거울을 봐. 네가 웃고 있다면 내가 선물이 된 거 맞지?'

이 문장을 읽고 너에게 편지를 쓰고 싶다고 생각을 했다. 어쩌다 이 편지를 쓰게 됐는지 설명하는 데 시간을 다 써버렸지만, 이름도 전화번호도 알 수 없어 너에게 보낼 수 없지만. 세상엔 읽지 못할 걸 알기 때문에 쓰게 되는 편지도 있지.

한참을 바닥에 앉아 있었더니 열어둔 창문으로 한기가 느껴졌어. 이제는 자리에서 일어나야 한다고 살며시 알려주는 것처럼. 콧물을 훌쩍이면서 상자에 편지와 사진들을 다시 집어넣고 바닥에 굴러다니는 먼지를 쓸었어. 그리고 불을 끄고 마지막 짐을 들고 나서는데, 내가 정말 여기 살았었나 싶게 낯설어진 방을 보다가 짧은 기도를 했다.

'모두 잘 살기를.'

그날은 정말 그렇게 빌게 되더라. 문을 닫고 나오는데 이상할 만큼 조금 간절해지기도 했어. 그러니 부디 잘 살았으면 해. 어디서든, 무엇을 하든. 새로운 곳으로 가는 나도 새로운 이름으로 살아가는 너도. 그리고 한때 나에게 편지를 보내준 많은 사람들도.

스코디 스코시 스쿼시

나이 차이가 많은 데다 아주 가끔만 얼굴을 봐서 그런지 동생들의 나이가 늘 헷갈린다. 이제 중2쯤 되려나 싶었던 남동생이 올해 중학교 졸업을 했다는 소식에 깜짝 놀라고, 여동생이 운전해서 터미널로 데리러 온다는 말에 '언제 운전면허를 땄지?' 싶어 서둘러 동생의 나이를 계산해보게 된다. 그러다 둘째인 여동생과 막내인 남동생의 나이를 정확하게 알고 싶을 때면 그 아이들이 태어난 해에 있었던 일을 떠올려본다. 남동생은 내가 고등학교 3학년, 수능을 한 달 앞둔 시월에 처음 보았으니 지금 내 나이에서 열여덟 살을 덜면 그 아이의 나이가 된다. 여동생은 태어난 연도가 또렷이 기억에 남아 있는데, 21세기의 시작으로 떠들썩했던 2000년 일월에 태어났기 때문이다. 한창 가수 조성모에게 빠져 있었던 초등학교 5학년 겨울방학 때의 일이었다. 갑작스레 동생이 생긴 것은 내게도 얼떨떨한 일이었다. 어릴 적엔 무거워서 오래 안기도 어려웠다는 나와 달리 동생은 엄마를 닮아서 키가 크고 날씬한 어린이로 자라났다. 오랜만에 나를 보면 언니, 언니를 부르며 라면을 끓여달라고 쫓아다니던 동생은 공부도 곧잘 했지만 여러모로 몸치인 나와 다르게 운동에도 재능을 보였다. 공부를 더 해보라는 엄마를 설득해 남들보다 늦게 고등학교 1학년이 되어서야 스쿼시를 시작한 동생은 타고난 운동 신경 덕분인지 단 몇 개월 만에 먼저 시작한 아이들의 실력을 따라잡았다. 이후 지역 대표 선수로 출전해 전국 대회에서 준우승과 우승을 연달아 하던 때. 어느 날 할머니는 집으로 찾아온 동생에게 물었다.

"네가 하는 운동 이름이 뭐라고 그랬지?"

"스쿼시요!"

"스코디?"

"아니요. 스쿼시요. 스, 쿼, 시!"
"그래. 스, 코, 디!"

여동생과 내가 한 글자씩 또박또박 말해줘도 할머니는 자꾸만 '스코디'라고 발음했다. 아마도 할머니가 평생 써온 단어들 중에 '쿼'가 들어가는 단어는 없었으리라. 그렇게 몇 번을 하고 나니 할머니도 웃음이 터지고 여동생과 나도 그냥 '스코디'라고 하자며 웃어버렸던 기억이 난다. 벌써 4, 5년이 지나버린 이야기. 그런데 얼마 전 설날이라 오랜만에 집에 온 동생을 물끄러미 바라보던 할아버지가 물었다.

"네가 하는 운동 이름이 뭐라고 했지?"
"스쿼시요!"
"스코시?"
"아니요. 할아버지 스, 쿼, 시요!"
"그래. 스, 코, 시!"

아무래도 할아버지에게 '쿼'를 설명할 길이 없어 메모지에다 스쿼시를 적어 할아버지에게 보여주었다. 그제야 할아버지는 아. 그렇지. 스쿼시구나, 스쿼시라며 따라 읽었다. 몇 년 전 할머니와의 일이 떠올라 여동생과 눈을 마주치곤 웃어버렸는데 할아버지는 휴대전화를 건네더니 어디 잘 보이는 곳에다 '스쿼시'를 입력해달라고 했다. 폴더폰 배경화면에는 입력해둘 만한 자리가 보이지 않아 평소 할아버지가 쓰는 노트에 '둘째 손녀가 하는 운동은 스쿼시' 라고 적은 다음 사진을 찍어 갤러리에 저장해두었다. 전화가 오는지도 잘 모르는 할아버지가 갤러리에 들어가 볼 수 있을지는 모르겠지만, 진지한 얼굴로 휴대전화 사용법을 듣는 할아버지에게 물어보았다. 왜 입력을 시켜놓고 싶으신 거냐고. 할아버지는 말했다.

"손녀가 뭘 하는지 제대로 알고 싶어."

스코디도 스코시도 아닌 스쿼시를 잘하는 동생과는 1년에 두세 번 겨우 얼굴을 본다. 가끔 카카오톡 메시지로 묻는 안부와, 엄마에게서 전해 듣는 근황, 명절 때 슬쩍 살펴보는 얼굴이 내가 아는 동생의 삶이다. 명절 때 만나더라도 할머니 할아버지 집에 짧게 머물렀다가 각자 사는 곳으로 헤어져 버려서 길게 이야기를 나눌 일이 없었는데 이번 설날에는 어쩌다 보니 둘이서만 한 시간을 같이 있게 됐다. 동생이 아버지 차를 타고 집으로 가는 대신 나와 같이 역으로 가 기차를 타겠다고 했기 때문이다. 혼자 있고 싶은 마음과 같이 시간을 보내는 것도 좋을 거라는 마음이 교차했다.

역에 도착하니 각자 행선지로 가는 기차 시간이 한 시간 넘게 남아 있었다. 밥을 먹기엔 애매하고, 대기 공간은 추워서 빈자리가 많은 카페로 들어갔다. 자몽에이드와 복숭아 아이스티를 주문하면서 머릿속으로 동생의 나이를 계산해봤다. 동생이 2000년도에 태어났으니까…, 올해 스물세 살이 됐구나. 옆에 선 동생을 보면서 아직도와 벌써의 마음이 왔다 갔다 했다. 그러면서 그 애보다 두 주먹만큼 작은 내가 좀 웃기기도 했고. 주문을 마치고 남은 시간 동안 어디에 앉으면 좋을지 눈으로 훑어보다가 두 사람이 마주 앉는 대신 소파에 나란히 앉자고 말했다. 옆에 앉아 있는 사람과는 눈을 마주치지 않아도 말을 할 수 있을 것 같아서였다.

어른이 된 동생과 처음으로 같이 있게 된 상황을 곱씹다 보니 동생이 초등학교 6학년 때였던가, 늦은 저녁에 둘이서만 번화가로 놀러 갔던 기억이 났다. 아마도 설 연휴였을 테고 그해에는 평소와 다르게 경주 고향 집으로 가기 전 아버지가 사는 도시에 먼저 들렀던 때였다. 저녁을 먹고 동생과 함께 강변을 지나 긴 육교를 건너 아케이드 거리라고 불리는 곳으로 갔다. 상점들이 늘어선 거리가 한 지점으로 끝나지 않고 여러 갈래로 이어져 있어 복잡한 미로처럼 느껴지는 곳이었다. 노래방, 음식점, 문구점, 옷 가게, 화장품 가게 등 웬만한 건 다 있어 보이는 그곳에서 동생은 가장 받고 싶은 선물로 서클렌즈를 골랐다. 동생의 생일이 다가오던 때였다. 갖고 싶던 렌즈를 사고 난 후 들떠 보이는 동생과 가게 불빛으로 환한 거리를 두리번거리며 걸었다. 그 길에서 느꼈던 여러 가지 마음을 동생은 알고 있을까. 언니랑 놀러 나와서 좋다고 말하는 동생의 목소리가 누군가 살짝 누른 듯 마음 어딘가에 남았던 것과 친구들과 자주 가는 디스코팡팡 디제이 오빠에게 빠져 있다는 말에 그 사람의 이름이라도 알아야 할 것처럼 걱정스러웠던 마음도. 그리고 그런 순간엔 네가 내 동생이라는 사실이 더 선명하게 느껴졌다는 사실도.

카페에서는 대부분 내가 질문을 하고 동생이 대답했다. 이것저것 생각나는 대로 물어보았더니 서로 다른 점들을 꽤 많이 알게 되었다. 나와 다르게 동생은 커피를 좋아하지도 않고, 카페도 거의 가지 않는다는 점. 내 인생에 운전은 절대 없다고 생각하는 한편 동생은 하루빨리 운전을 하고 싶어 했다는 것. 여러 번 간 길도 헷갈리는 나와 다르게 동생은 한 번 간 길은 거의 잊어버리지 않는다는 점. 하나씩 다른 점을 발견할 때마다 신기하고 재미있어서 더 많은 다른 점들을 찾아내고 싶었지만, 사실은 이런 말을 해보고 싶기도 했다. 알고 있니? 나는 너에게서 나와 닮은 점을 봐. 가족들과 함께 있을 때 조용히 분위기를 읽어내는 눈빛이나 불편한 상황에선 그냥 웃어버리고 마는 것. 너의 그런 모습을 볼 때면 너와 내가 비슷하다는 게 마음에 걸렸어. 사실은 네가 상처받고 있는 중일까 봐.

한 시간은 짧고도 긴 시간이라서, 인터뷰하는 것처럼 평소 동생에게 궁금했던 운동에 관한 이야기도 여럿 물어보았다. 어떻게 스쿼시를 시작하게 되었는지, 스쿼시를 할 때 기분이 어떤지, 너는 코트 위에서 어떤 선수인지, 국제경기를 할 때 떨리지는 않는지. 그런 이야기를 나누다 보니 동생은 상대 선수가 예상치 못하는 다양한 샷을 쓸 수 있다는 장점을 가졌다는 것과 곧 국가대표 선발전을 위해 훈련과 경기가 이어질 거라는 소식을 들을 수 있었다. 그런 너의 삶이 생각했던 것보다 더 멋지다고, 내가 잘 모르던 너의 시간이 자랑스럽다고 말하고 싶은 마음을 느끼고 있을 때. 빨대로 아이스티 잔 속 얼음을 한 번 휘저으며 동생이 말했다. 언니. 사실은 나 최근까지 운동을 제대로 못하고 있었어.

동생은 지난 2년 동안 자신에게 일어난 여러 나쁜 일들과, 그 일들이 자신을 어떻게 다치게 했는지, 그 일로부터 어떻게 벗어났는지에 대한 이야기를 들려주었다. 동생은 이미 지나간 일이라며 담담한 목소리로 말을 했지만 그래서 더 마음이 무거웠다. 지나가 버렸대도 상처받았던 시간이 사라지지는 않을 것이므로. 그리고 고마웠다. 네가 말을 해주지 않았더라면 나는 그저 너를 자랑스럽다고만 생각했을 테니까. 그러면 나는 지금보다 네 앞에서 더 부끄러워졌을 테니까. 한 사람을 사랑하는 데는 그 사람의 아픔을 알아봄이 필요하다는 걸, 기쁨과 강함만을 사랑할 수는 없다는 걸 다시 한번 알 것 같았다.

"너한테 미안하네."
"언니가 왜 미안해?"
"그냥. 나는 네가 알아서 잘 살고 있을 거라 생각했어."
"아니야. 안 미안해도 돼. 언니도 바쁘잖아."

한 시간은 길고도 짧은 시간이라서, 할 말이 더 남아 있는 기분을 일으켜 자리에서 일어나야 했다. 기차 시간이 남아 삼십 분을 더 기다려야 하는 동생의 어깨를 괜스레 한번 만져보곤 먼저 간다며 손을 흔들며 헤어졌다. 잘 가요, 잘 가. 조심히 가요. 역에는 언제나 헤어지는 목소리들이 많았다. 그들과 잠시 한 풍경이 되었다가 플랫폼으로 들어서는 기차에 올라탔다. 운이 좋게 내 자리는 옆자리가 비어 있는 창가 자리. 편하게 외투를 벗어두고 창밖을 바라보다가 동생에게 메시지를 보내려고 카카오톡 프로필을 눌러보았다. 동생이 태어나고 몇 달이 지난 어느 봄날. 집 마당에서 믿어지지 않을 만큼 너무나 작았던 동생을 안고 찍었던 사진이 문득 떠올랐다.

"무슨 일 있으면 전화해. 앞으로 네 전화는 꼭 받을게."

살얼음이 낀 저수지와 메마른 논이 이어지던 풍경을 지나 긴 동굴 같은 터널에 접어들자 기차 안이 어두워졌다. 바깥이 충분히 밝을 때는 창에 잘 비치지 않던 얼굴이 어두워진 만큼 또렷하게 드러났다. 기차가 완전히 터널을 빠져나갈 때까지 창에 비친 내 얼굴을 바라보았다. 아무래도 발음이 낯설어 입에 잘 붙지 않더라도 스코시가 스쿼시라는 걸 제대로 알고 싶어 하는 사람의 마음처럼. 나와 닮은 사람의 안부가 더 잘 알고 싶어졌다.

이야기는 어디에서 오나요

아직까지는, 여름이라고 말할 수 있던 토요일 오후. 아이스 커피 두 잔을 앞에 두고 마주 앉은 양이 말했다. 언니. 저는 내일 당장 죽어도 미련이 없어요. 양이 빨대로 커피를 휘저어서 얼음이 또각거리며 잔에 부딪혔다. 동그란 테이블 중앙에 고인 햇빛을 보며 커피를 쪽 빨아 마시던 나는 양의 말에 깜짝 놀라 무슨 일이 있느냐고 물었다. 낮은 도에서 높은 도까지 기분의 높낮이를 훌쩍 뛰어넘는 나와 다르게 양은 미파솔 사이를 건강하게 유지하는 사람이라고 생각했기 때문이었다. 양은 동그래진 눈으로 왜 그러느냐고 묻는 내 모습을 더 의아해하며 말했다. 언니가 걱정하는 것처럼 우울하다거나 내일 당장 죽고 싶다거나 그런 건 아니에요. 다만 하루하루가 아주 만족스럽지도 불만족스럽지도 않은 거예요. 아마도 비슷할 테니까 내일도 큰 미련이 없다는 거죠. 담담한 목소리로 말하는 양의 대답에 작게 안도하며 고개를 끄덕였다. 그렇구나. 요즘 너의 삶은. 이번에는 양이 물었다. 그럼 언니는 어떤데요? 매일 살고 싶다는 생각이 들어요?

나? 음. 그러니까 나는…. 양의 질문에 처음엔 당황스러웠지만 마치 이 대답을 하길 기다렸던 사람처럼, 하지만 나조차도 나의 대답을 정확히 알지 못했던 것처럼 낮은 목소리로 중얼거렸다.

"나는 살고 싶어. 살아서 계속 글을 쓰고 싶어."

내가 한 말인데도 새삼스럽게 들렸다. 내가 이 정도로 살고 싶은 사람이었나. 양은 커다란 두 눈에 잠시 놀라움이 맺히게 두었다가 말했다. 그렇게 살면 되죠. 언니는 그럴 수 있을 거예요. 그즈음 나는 회사원이 아닌 작가로 나를 소개하는 일이 있을 때마다 이렇게 말을 하곤 했다. "이야기는 어디에서 오나요. 요즘엔 이 생각을 자주 하고 삽니다." 정말이었다. 이야기가 어디에서 오는지 알 수 있다면, 정말로 내게로 오고 있기만 하다면 그 방향을 바라보며 오래도록 서 있고 싶은 마음이었다.

"그런데 요즘엔 뭘 써야 할지 모르겠어. 이미 좋은 이야기는 다 써버린 것 같고. 마음먹고 쓰다가도 이렇게 사소한 걸 적어도 되나 싶어서 내가 시시하게 느껴지고. 어느 날엔 자려고 누웠다가도 이대로 아무것도 쓰지 못할까 봐 몸이 차갑게 식는 느낌이 들어."

으음. 작게 고개를 끄덕이며 듣던 양이 말했다.

"우리 하루하루는 작은데 언니가 글을 너무 크게 생각하는 거 아니에요?"

잔을 감싸듯 쥐고 있던 손에 서늘한 물기가 묻어났다. 역시 나보다 똑똑한 양. 그날 저녁 양의 말을 떠올리며 얇은 노트와 펜을 챙겨 동네 하천 산책로에 있는 널따란 바위로 가 앉았다. 하천을 사이에 두고 나란히 이어지는 두 개의 길 중 오른편 출발점 구석진 곳에 있는, 앉았다 쉬어가는 할머니 할아버지들이 아니면 눈길을 잘 주지 않는 곳에 있는 바위다. 휴대전화만 보느라 시간을 허비하게 되는 아늑한 방 대신 조용하고 시원한 자리에 앉아 하루가 지나가는 모습을 지켜볼 요량이었다. 아직 가로등이 켜지지 않은 채 푸르게 밤이 오는 시간. 약간의 심심함을 느끼며 이런저런 생각을 떠올려보다가 서른 걸음 떨어진 곳에 있는 커다란 버드나무를 보았다. 어찌나 커다랗고 초록 이파리가 풍성한지 그 아래를 지나가는 사람들이 조그맣게 보였다. 몇 해 전 선선한 저녁 바람이 불던 날, 건너편 벤치에 앉아 가만히 버드나무를 바라보던 일이 있었다. 슬픔이 차분해질 때까지 혼자일 시간이 필요한 날이었다. 마침 하천에서 그 날과 비슷한 바람이 불어와 멍하니 벤치에 앉아 있던 기분이 떠올랐다. 모든 게 어서 지나가기만을 바랐었는데 지금은 그때의 시간을 쓰다듬을 수 있을 만큼 괜찮아졌다. 시간이 하는 일이란 아마도 이런 것이겠지. 조금 있으니 연보라색 리넨 셔츠를 입은 한 할머니가 걸어와 바위 끄트머리에 앉았다. 인사를 할까 말까, 옆자리에 앉은 할머니를 미세하게 신경 쓰면서 하천 산책로를 걷는 사람들을 구경했다. 둘 셋 짝을 지어 함께 걷는 사람들을 보고 있자니 이번엔 여름밤에 함께 산책하던 친구 얼굴이 생각났다. 둘이서 만나 저녁을 먹으면 항상 과식하는 바람에 집으로 돌아가는 길에 들러 가볍게 걷고는 했던 길. 같은 동네에서 살다가 지금은 먼 곳으로 이사를 간 친구는 요즘엔 어떤 길을 걷고 있을까.

다음 날엔 점심을 먹고 노트북을 챙겨 동네 공원의 정자로 걸어갔다. 그늘에서 작은 이야기라도 써보겠다는 마음이었다. 더운 날이라 이 시간엔 혼자일 거라 생각했는데 정자 아래엔 나보다 작은 발들이 신고 온 신발 세 개가 쪼르르 놓여 있었다. 한 번은 마주쳤을지도 모를 동네 할머니 세 분이었다. 무늬와 크기가 다른 돗자리 두 개가 깔려 있는 나무 바닥에 한 할머니는 누워서, 다른 두 할머니는 난간에 등을 기대앉아 말없이 부채질을 하고 있었다. 조심스레 묵례를 하고선 비어 있는 왼편에 자리를 잡고 앉았다. 짙은 고동색 나무 바닥에 일렁이는 여름빛이 예뻤다.

눈앞에는 부드러운 바람에 흔들리는 아카시아와 동네 사람들 것으로 보이는 훌라후프가 걸린 운동 기구가 보였다. 오늘 나의 창문이 될 풍경이었다. 자. 이제는 쓰기만 하면 돼. 이어폰을 꽂고 좋아하는 노래를 들으며 노트북을 펼쳤다. 하지만 키패드에 두 손을 올리고 빈 화면을 응시하는 동안 어째서인지 써야 하는 글은 생각나지 않고 등 뒤에서 할머니들의 말소리가 점점 더 또렷하게 들려왔다. 음악 소리를 더 높여야 하나 고민하던 것도 잠시, 결국엔 할머니들의 이야기에 마음을 빼겼다.

세 할머니 중 가장 젊어 보이는 할머니의 목소리가 먼저 들렸다.

“언니는 내보다 네 살이나 많은데 주름이 얼마 없네. 사람들이 누가 팔십으로 보겠노?”

누워 있던 왕 언니 할머니가 몸을 한번 뒤척이며 말했다.

“그래도 다 나잇값은 한다.”

"아직까지 잘 걸어 다니는데 뭐."

"아이라. 요즘엔 하루하루가 틀려. 그저께까지는 분명히 파티마 병원까지 갔는데 어제는 시티세븐까지밖에 못 가."

"아이고. 언니. 거기까지 갈 수 있는 게 대단한 거요."

"병원 다리 밑에 가면 시원하고 좋았는데. 이제는 섭섭해도 할 수 없지."

이야기를 듣던 네 살 어린 할머니가 왕언니 할머니의 다리를 주무르는지 "에구. 시원하다" 하는 소리가 들렸다. 조금 있자 이번엔 나와 반대편 자리 난간에 등을 기대앉아 있던 둘째 할머니가 말을 꺼냈다.

"오늘은 뭘 해 묵노?"

막내 할머니가 대답했다.

"요새는 영 입맛도 없고. 호박죽 끓여서 냉장고에 넣어 놓고 먹는다."

"잘 해 먹네."

"내가 이맘때 첫애를 낳고 우리 시어머니가 호박죽을 끓여줬거든. 친청 엄마는 부산 사람이라서 쌀을 넣고 끓여가 맛이 없는데 시어머니는 여기 사람이니까 찹쌀을 넣고 끓이드라고. 한입 먹으라고 갖다주는데 그때는 그게 그렇게 맛있대. 아직도 호박죽 보면 시어머니 생각이 나. 그거랑 고구마순 쫑쫑 따갖고 같이 먹지."

누워 있던 왕 언니 할머니도 말을 거들었다.

"내일모레 우리 영감 제사 할라고 아침에 고사리는 삶아 놓고 나왔고. 인자 내일 아침에 떡 사고 두부 사고 콩나물 사고 해야지."

"언니. 그거 다 누가 먹을라고."

"묵는 게 문제가? 손주 입에 다 들어간다."

말수 적은 둘째 할머니가 말했다.

"뭐를 사야겠다 퍼뜩 생각을 하다가도 집 나서면 다 까묵소."

“이제는 내를 믿으면 안 돼. 기억이 나면 수첩에 다 적어 놔야지. 안 적으면 다 잊아뿐다.”

안 적으면 다 잊아뿐다. 왕 언니 할머니의 말을 듣고서 방금 전까지 들었던 이야기들을 기억나는 대로 노트북에 옮겨 적었다. 최대한 할머니들의 입말을 살려야겠다는 생각으로. 글보다 커다란 사람들의 작은 이야기를 기억하고 싶어서였다. 얼마 안 가 할머니들이 떠나고 오래지 않아 나도 자리에서 일어났다. 할머니들이 있던 자리를 돌아보니 군데군데 헤진 돗자리와 손때 탄 부채가 놓여 있었다. 다들 어느 집에 살고 계실까. 내일도 여기로 모이시려나. 왔을 때와 다르게 홀로 남아 있는 운동화에 발을 넣으며 정자에서 보낸 시간이 반듯하게 개어지는 기분을 느꼈다. 언젠가 다른 자리에 앉아서 차분하게 펼쳐볼 시간임을 알 수 있었다. 가벼운 신발을 신고 공원을 떠나는 길엔 어쩌면 나는 할머니들에게서 이런 이야기를 들은 것이 아닐까,라는 생각이 들었다. 그러니까 말하자면 이런 이야기.

야야. 이야기가 어디서 오겠노.

살다 보면 여기서도 오고 저기서도 오고 그런 거제.

다정한 이름을 부를 때

하루는 고등학교 1학년 때 같은 반이었던 길신과 민음을 만나 이런 놀이를 한 적이 있다. 1학년 2반 아이들의 이름을 1번부터 32번까지 차례대로 기억해 불러보는 것이다. 처음엔 이걸 왜 하는 거냐고 묻던 길신과 민음도 막상 시작하니 꽤 진지해져서 각자의 기억력을 끌어모았다. 졸업한 지 15년이 지났지만 번호와 이름을 연관시키는 게 가능했던 건 체육복 등판에 붙어 있던 번호표 덕분이었다. 당시 체육 선생님은 공책만 한 크기의 흰 천에다 학년, 반, 번호, 이름을 매직으로 적어 체육복 뒷면에 바느질로 고정하게 했다. 덕분에 내 등에는 할머니가 바느질해준 '1206 김달님' 천 조각이 붙어 있었다. 6번인 나와 8번인 민음, 31번인 길신을 기준 삼아 앞뒤로 생각나는 이름들을 떠올려 보았다. 그중엔 애쓰지 않아도 쉽게 생각나는 이름도 있고, 졸업 후 처음으로 불러본 이름도 있고, 끝끝내 떠오르지 않아 집으로 돌아가 졸업앨범을 펼쳐보고서야 짧은 탄성이 나오던 이름도 있었다. 그렇게 마지막 이름을 겨우 부르게 되었을 때는 미안한 마음이 얕게 스쳤다.

출석 체크하듯 하나둘 이름을 부르고 있자니 먼 데서 도착한 대답처럼 15년 전 얼굴들도 함께 따라왔다. 쉬는 시간마다 교실 앞 컴퓨터 책상으로 달려가 미니홈피를 확인하던 아이. 스트레이트파마로 쫙 편 머리카락으로 턱선을 가리고 다니던 아이. 조그마한 얼굴이 성숙하고 예뻐서 볼 때마다 감탄스러웠던 아이. 영어 선생님에게 키스는 동사로 무엇이냐고 묻던 아이. 학교 축제 날 친구들에게 둘러싸여 고데기로 머리에 파마를 넣던 아이. 울프컷이 잘 어울리고 손으로 볼펜 돌리기를 잘하던 아이. 그리고 몇몇 아이들에 대해서는 각자 알고 있는 마지막 근황을 덧붙이기도 했다. 누구는 결혼해 두 아이의 엄마가 되고, 누구는 예상치 못한 곳에서 우연히 마주치고, 누구는 과일 가게와 카페 사장이 되었노라고.

그중 17번은 짝이 되면서 가까워진 아이였다. 속눈썹이 진하고 긴 머리를 포니테일로 묶고 다니던 설은 세심한 마음과 다르게 표현이 무뚝뚝한 아이였다. 자주 배가 아프던 나에게 "그만 좀 아파라!" 화를 내면서도, 걱정을 담은 편지를 가장 많이 써준 친구였다. 설의 냉담한 말투와 표현법에 상처를 받고 가끔 티격태격하기도 했지만, 사실은 그 아이가 얼마나 속이 깊은 아이인지도 느낄 수 있었다. 유난히 피부가 건조해 겨울이면 늘 트던 내 손에 핸드크림을 아끼지 않고 발라주던 것이나, 수학 시간에 필요한 EBS 학습지를 살 돈이 부족해 기죽어 있을 때 다른 친구들이 보지 못하도록 학교 건물 뒤편으로 불러내 내 몫의 문제집을 건네주던 것도 기억에 남아 있다. 빨간색 키플링 가방을 사기 위해 점심도 사 먹지 않고 돈을 모으던 설이었기 때문에 그 기억은 두고두고 내게 미안함과 고마움이 되었다. 지금도 설이는 누군가에게 따뜻하고 속 깊은 사람으로 살아가고 있을 것이다.

17번과 더불어 내게 가장 애틋한 번호는 30번이다. 고등학교에 진학해 처음으로 깊게 사귄 길신과 함께 삼총사로 지냈던 30번의 이름은 다정이다. 두 사람과 보낸 시간이 불안이 깊었던 고등학교 시절을 안전하게 지켜주었기 때문에 그들에 관한 이야기라면 언제든 미소를 지으며 말할 수 있다. 다정의 소식을 듣지 못한 지 오래돼 늘 비슷한 이야기만을 하게 되지만, 길신을 만나 다정을 이야기하고 헤어지는 날엔 내 안에 무엇이 남아 있는지 들여다보고 온 기분이 들었다.

얼마 전 새해를 맞아 길신과 점집에 들러 신년운세를 보고 왔던 날에도 자연스레 다정의 이야기를 하게 되었다. 술에 취한 어른들이 왜 매번 같은 이야기를 하는지 의아해하던 날들이 있었는데, 그들의 마음 안에도 해도 해도 낡지 않는 이야기들이 있다는 것을 알겠다. 시간이 이야기를 지켜주는 것이 아니라 이야기가 시간을 지켜준다는 것도. 그리고 그날 길신은 다정에 관한 새로운 이야기를 들려주었다.

"기억나? 내가 글씨를 쓸 때 늘 강박증 같은 게 있었잖아. 필기할 때도 공책 줄에 맞춰서 예쁘게 써야 직성이 풀리고, 그러다 마음에 안 들면 찢어버리고 다시 쓰고. 그때는 그게 어찌나 스트레스받던지. 하루는 글씨가 마음에 안 들어서 공책을 찢어버리려고 하니까 다정이가 잠깐만 있어 보라는 거야. 그러더니 보라색 볼펜을 들고 와선 내가 망쳤다고 생각한 글자에 원숭이 그림을 그려줬어. 좀 못써도 괜찮다고, 이제 귀여워졌으니까 찢어버리지 말라고. 그런데 그날 이후로는 신기하게 마음이 편해지는 거야. 다정이 말처럼 글씨가 좀 삐뚤빼뚤하면 어때 싶더라고."

길신의 이야기를 듣고 나도 따라 새로운 다정을 떠올려 봤다. 운이 좋게도 다정과 다시 한번 같은 반이 되었던 고등학교 3학년. 여름이 다가오던 유월에 경주의 한 문화재단에서 주최한 야외 백일장이 열렸다. 중학생 때 큰 상을 받았던 대회라 이번에도 꼭 참여해서 상을 받고 싶은 마음이 들었다. 무엇이 될 수 있을지 몰라 무엇이라도 재능에 대한 확신이 필요하던 열아홉. 대회에서 상을 받는다면 선생님에게도 나 자신에게도 글을 쓰면서 살아가겠다는 말을 확실하게 할 수 있을 것 같았다. 대회 장소까지는 학교에서 버스로 삼십 분, 대회 시간은 수업이 있는 토요일 오전이었다. 대회에 참가하려면 담임 선생님의 외출 허락을 받아야 했는데, 반장이었던 다정이가 앞장서 교무실로 찾아가 선생님을 설득했다. 달님과 자신을 대회로 보내주시면 꼭 상을 받아오겠노라고. 다정의 명랑한 호언장담 덕분에 우리는 같이 백일장에 나갈 수 있었다. 유월의 토요일 오전. 너른 잔디밭에 자리를 잡고 앉아 주최 측에서 정한 세 개의 글감 중 하나를 골라 원고지에 글자를 채워갔다. 할 수 있는 한 최선을 다해 썼지만 쓰는 중에도 다 쓰고 난 후에도 내가 잘 쓰지 못했다는 걸 알 수 있었다. 대회가 끝나고 실망감에 무거워진 몸과 마음으로 올라탄 버스 안. 마침 버스에는 앉을 자리도 없어 다정과 나란히 서서 손잡이를 잡고 갔다. 창문 밖으로 보이는 유난히도 맑은 초록들을 보며 조용히 가라앉는 마음을 느끼고 있는데, 다정이가 뜬금없이 겨드랑이에 털이 난 이야기를 꺼냈다. 자신은 친구들보다 털이 늦게 나서 고민이었는데 얼마 전부터 곱슬한 털이 나기 시작했다고. 그러고선 나에게만 들리게 소곤대는 목소리로 노래를 불렀다.

내 동생. 곱슬머리. 개구쟁이 내 동생.

그 순간 다정이 부르는 노래가 왜 그렇게 웃기는지 손잡이를 잡은 오른팔에 얼굴을 묻고서 킬킬대며 웃었다. 배가 아프니 그만하라고 해도 웃음을 그칠라치면 또다시 노래를 부르는 바람에 버스에서 내릴 때까지 내내 웃으면서 갔다. 그렇게 웃어버리면 작아지고 약해진 마음은 언제 잊어버렸는지도 모르는 우산 같은 것이 되었다. 언젠가 나도 그런 식으로 다정을 웃겨준 적이 있었을까. '다시 만날 순 없어도 알 수 없는 힘이 되어준 너의 기억이'라는 전람회의 노래 가사처럼, 오래전 내가 나인 채로 받았던 다정이 지금의 내게도 알 수 없는 힘이 되어준다.

기억 속 장소를 교실로 옮겨보면, 다정은 큰 키에도 불구하고 늘 맨 앞자리에 앉아 수업을 들었다. 대부분의 아이가 엎드려 자던 나이 많은 선생님의 수학 시간에도 꼿꼿하게 허리를 세워 필기하고 문제를 풀었다. 칠판에 문제를 적다가 아이들을 돌아보는 선생님에게 자신은 수업을 듣고 있다는 것을 알려주듯 익살스러운 목소리로 농담을 걸기도 했다. 그래서일까. 졸업한 지 몇 년이 지나 수학 선생님이 돌아가셨다는 소식을 들었을 때도 선생님의 말에 집중하고 있는 다정의 작은 뒤통수가 가장 먼저 떠올랐다. 쟤는 뭘 저렇게 열심히 하고 있나, 이름을 불러보고 싶도록 동그랗고 또렷한 모습으로.

그러므로 내게 글쓰기는 이러한 일이다. 기억에 남아 있는 사람의 이름을 불러 내 쪽으로 돌아보게 하는 것. 오랜만에 마주하는 돌아본 얼굴을 찬찬히 살펴보고 맞아, 너 거기 그렇게 있었지. 반가워하는 것. 친구의 공책에 원숭이 그림을 그려 넣는 얼굴을 한 발짝 떨어져 구경해보는 것. 하복을 입은 여름날 흔들리는 버스 안에서 손잡이를 잡고 옆자리에 다시 한번 서보는 것. 너를 다시 볼 수 있어서 좋다고 나에게만 들리는 목소리로 말해보는 것. 그리고 혹시라도 들려올지 모를 너의 대답을 지금 여기에서 기다려보는 것. 그렇게 너를 다시 사랑해보는 일이다.

희망하는 얼굴들

오늘은 희망에 대해 써보고
함께 읽어봅시다

침묵

빈 종이에 채워지는
글자들

희망은
아주 컸다

금세 사라졌다 뾰족했다
무채색이고 맛이 느껴지지 않는 것이었다
절절 끓는 물이었다 굴절되는 빛을 닮았다 끔찍했다
아주 단 무엇이었다

—안미옥, 〈가장 마지막 수업〉 중에서

누군가 빈 종이를 내밀며 희망에 대해 적어보라고 한다면 나는 무엇을 쓸 수 있을까요. 시를 읽고 난 저녁. 분명히 아는 얼굴인데 어디에서 만났는지 어렴풋한 사람을 떠올릴 때처럼 잠시 허공을 바라보았습니다. 그러고 있으면 잊고 있던 어떤 것이 생각나기도 하잖아요. 그러다 궁금해진 거예요. 다른 사람들은 희망을 무엇이라 생각할까. 그러면 나도 힌트를 얻을 수 있을 테니까요. 며칠 동안 여덟 명의 사람들에게 당신이 생각하는 희망에 대해 물어보았습니다. 질문을 듣고 나면 하나같이 희망?이라고 되물어본 다음 생각에 잠기곤 했습니다. 어떤 이는 가만히 바닥을 바라보기도 했지요. 대답을 기다리는 동안 짧은 메모 하나를 적었습니다. 희망은 잠시 말이 없어지는 것이라고요.

한 사람은 희망을 모든 것을 시간이 해결해주리라 믿는 것이라 말했습니다. 언제가 되었든 내가 살아온 삶에 대해 반드시 되돌아올 응답 같은 것이라고요. 어떤 이에게 희망은 두려움 없이 말하는 꿈과 사랑이었고, 자주 슬퍼지는 이에게 희망은 내일도 눈을 뜨면 하고 싶은 일이 생길 거라고 스스로에게 되뇌는 일이었습니다. 가졌는지 미처 몰랐던 게 희망이기도 했고, 한순간에 떠오르고 달아나고 나타나는 것이기도 했지요. 누군가는 냉소적으로 희망은 가져봐야 소용없는 것, 하늘의 별 따기라고 대답했지만 누군가는 어떤 이유로 절망에 빠져 있을 때 곧 다른 이유로 웃게 될 거라고 믿는 일이 희망이라고 했습니다. 젊을 때는 있었지만 지금은 없어진 것이라 대답한 사람의 나이는 여든넷. 그는 그럼에도 너는 희망을 계속 가지고 살아야 한다고 당부했습니다. 지금까지 살아보니 희망이 없으면 아무런 의미가 없는 것이 바로 삶이라면서.

오랜만에 연락이 닿은 친구는 나만 아는 곳에 숨겨두는 것이 희망이라고 말했습니다. 그동안 잘 보이는 곳에 두었다가 상처받은 일이 여러 번인 듯했지요. 희망은 존재하지만 입 밖으로 꺼내고 싶지 않은 것이라는 친구의 말을 들으며 언젠가 용기에 대해 적었던 일기가 떠올랐습니다.

'용기는 사라지는 것이 아니라 숨어 있는 것.

그러니 잘 보이지 않다가도 어느 순간엔 쉽게 나타나기도 하는 것.

안전하게 잘 숨겨놓자.'

그러고 보니 어쩌면 용기와 희망은 비슷한 곳에서 시작되는 것일지도요. 친구는 이렇게 묻기도 했습니다. 희망이란 말은 되게 밝은데, 내가 절망적일수록 더 또렷하게 생각나잖아. 그럼 희망을 밝다고 말할 수 있는 걸까. 왜 희망은 마지막 끈처럼 느껴질까. 잠시 생각에 빠진 저를 두고 친구가 중얼거리듯 했던 말을 기억합니다. 사람들에게 희망이 마지막이 아니라 중간에 있거나 바로 앞에 있다면 좋을 텐데. 그럼 희망이 아닌 게 되려나.

남아 있던 한 사람이 낭독을 시작했다

덜 닫힌 문이 조용히 닫혔다

희망은 모서리가 깨진 서랍장을
이사 때마다 버리지 못하고 끌고 가는 것
먹고 입고 사는 것
마지막을 만들면서 가는 것

—안미옥, 〈가장 마지막 수업〉 중에서

이제는 제 이야기를 해볼까요. 이대로 여름이 끝나려나 생각이 들었던 팔월 중순 저녁의 일입니다. 한결 가벼워진 바람과는 다르게 잘하고 싶은 일에 실패했다는 생각에 평소보다 멀게 느껴지던 퇴근길이었어요. 무거운 마음으로 집에 도착해보니 문 앞에 예상치 못한 택배가 와 있었습니다. 보낸 사람의 이름이 낯설었지만 바로 떠오르는 사람이 있었지요. 그즈음 SNS 라이브를 통해 동료들과 재능에 대해 이야기를 나눌 기회가 있었습니다. 그날 저는 글을 쓰는 재능을 두고 다재다능하지 않은 제가 가진 거의 유일한 재능이라는 말을 했습니다. 가장 사랑하는 재능이자 그만큼 저를 좌절하게 만드는 재능이라고요. 사실이지만 괜한 말을 한 것 같다는 생각에 후회하고 있을 때, 누군가가 남긴 댓글을 보았습니다. "작가님이 다재다능하지 않아 다행입니다. 덕분에 계속 글을 써주실 테니까요." 택배를 보내준 사람은 그 댓글을 남긴 독자였습니다. 꼼꼼히 포장한 상자 안엔 편지와 만년필이 들어 있었고, 만년필 뚜껑엔 '쓰는 사람, 김달님'이라는 각인이 선명하게 새겨져 있었지요. 그 순간엔 희망이라는 것이 정말 안전하게 숨어 있었던 것처럼 쉽게 떠올랐습니다.

그러니까 저에게 희망은 제 글을 읽고 싶은 사람이 있다고 믿는 것입니다. 한 권의 책을 쓰는 일은 하고 싶은 이야기를 그러모아 애쓰고 공들여 펼쳐보는 감격스러운 일이기도 하지만, 어떤 의미가 있을지 누구에게 가 닿을지 알 수 없는 채로 막막함을 견디는 일이기도 합니다. 내가 하기로 한 일이니, 감당하는 것도 온전히 혼자의 몫이지만 가끔 들려오던 "당신의 글을 잘 읽고 있다"는 말. 다음 이야기가 궁금하다는 목소리가 없었다면 나아가기 어려웠을 겁니다.

언젠가 저는 또 이런 일기를 써두었습니다.

'한 시간 뒤에 누군가 오기로 한 곳에서 혼자 있는 것과
아무도 오지 않을 곳에서 계속 혼자인 마음은 다르지.
결국 글을 쓰는 일은 혼자 하는 것이지만,
한 시간 뒤에 내 이름을 불러줄 사람이 오고 있음을
남몰래 믿어야 하는 일. 그래야 계속할 수 있는 일.'

책의 마지막 원고를 다듬는 일요일 오전. 익숙한 의자에 앉아 단어 하나를 덧붙이고 지우고를 반복하다 누군가가 나를 부르는 것 같아 소리가 난 쪽으로 고개를 돌려봅니다.

내가 평생 잊지 않을 희망, 갖고 싶은 기쁨입니다.